MANUAL INÚTIL DA TELEVISÃO

e outros bichos curiosos

edição brasileira© Hedra 2016

edição Jorge Sallum
coedição Luan Maitan
revisão Tatiana Custódio
preparação Alisson Santos e Luan Maitan
iconografia Arquivo do autor
capa Ronaldo Alves

ISBN 978-85-7715-518-7

Grafia atualizada segundo o Acordo Ortográfico da Língua Portuguesa de 1990, em vigor no Brasil desde 2009.

EDITORA HEDRA LTDA.
R. Fradique Coutinho, 1139 (subsolo)
05416–011 São Paulo SP Brasil
Telefone/Fax +55 11 3097 8304

editora@hedra.com.br
www.hedra.com.br

Foi feito o depósito legal.

MANUAL INÚTIL DA TELEVISÃO

e outros bichos curiosos

Paulo Henrique Amorim

1ª edição

hedra

São Paulo_2016

Sumário

Ao meu irmão Hedyl Valle Jr., padrinho da minha filha, que me levou do jornal para a televisão na esperança de "trocar a profundidade pelo alcance"

Vinheta de abertura (ou Prefácio)

Por que manual *inútil* da televisão?

O destemido editor da Hedra, Jorge Sallum, e Ivo Camargo, em boa parte responsáveis pelo sucesso das vendas de *O quarto poder: uma outra história* — ao lado da magnífica estrategista Geórgia Pinheiro, minha mulher —, sempre me disseram que o capítulo "Manuais para televisão" dava um outro livro.

Um livro que contasse minhas histórias de repórter de televisão.

Não uma biografia, mas histórias e nada mais do que isso.

E que recuperasse os manuais de *O quarto poder*.

E por que *inúteis*?

Porque seriam instruções básicas a qualquer profissional de televisão, desde o "Manual inútil de português para a televisão", ao repórter, ao cinegrafista e ao editor de imagem.

E, como eram dicas de um apresentador/âncora, como eu era em 1996, quando deixei a Globo em Nova York para dirigir e apresentar o *Jornal da Band* e o *Fogo Cruzado*, não havia, então, um "Manual inútil do apresentador(a)".

Que agora existe.

E, de novo, por que *inúteis*?

Porque são sugestões que formulei a partir da rica experiência que tive na Globo com o Armando Nogueira, a Alice Maria e o Boni, e em coberturas no exterior, ao acompanhar equipes de tevês americanas.

Inúteis porque jamais consegui aplicá-las por onde passei, ao voltar a trabalhar no Brasil e chefiar equipes.

Como expliquei em *O quarto poder*, "a acachapante hegemonia do medíocre telejornalismo da Globo" — que se aprofundou de forma vertiginosa depois do afastamento do Armando e do Boni — "contaminou os profissionais da televisão brasileira de forma quase irrecuperável"...

O jornalismo da Globo se tornou um dos piores do mundo.

Especialmente, porque deixou de ser telejornalismo para se tornar um palanque político para derrubar o Lula e a Dilma.

(Mesmo nos tempos de Roberto Marinho, quando o *Jornal Nacional* apoiou a ditadura — *a verdade é dura* — havia mais pudor, mais recato.)

No meu blog *Conversa Afiada*[1] sustento que o *Jornal Nacional* foi, no impeachment da Dilma, o Farol dos Piratas.

Todas as noites, o *Jornal Nacional* dava ordem, prioridade e nexo às variadas e aparentemente autônomas manobras dos corsários para derrubar a Dilma.

---

1. Acessível em conversaafiada.com.br.

Não havia entre eles, necessariamente, senso de rumo ou alvo na conspiração cotidiana.

O *Jornal Nacional* se acendia às 20h30 e organizava o Golpe.

Orientava os piratas.

Lá no *Conversa Afiada* eu também digo: "Democracia e Globo — um ou outro".

Logo, o telejornalismo brasileiro, sob sua predominância...

Melhor ir aos manuais.

Porque aqui não se trata de Golpe.

O objetivo é outro.

É contar episódios que possam ser elementos modestos, inúteis, de uma narrativa de como funciona a televisão brasileira.

Ou como um repórter da televisão brasileira a acompanha.

Sobre os manuais: sua serventia se tornou de absoluta inutilidade.

O que demonstra que o autor não dispõe de nenhuma capacidade de persuadir — e muito menos de chefiar. Equipes de televisão, que fique bem entendido.

Resta-lhe o consolo de a televisão ser... bem... como diz o Steven Spielberg, "*it's only television*".

Em tempo: o subtítulo deste modesto livro — "e outros bichos curiosos" — foi sugestão de minha mulher, Geórgia. Faz referência ao quadro "Bichos Curiosos", do programa *Domingo Espetacular*, que apresento na TV Record. É sistematicamente um dos pontos de maior audiência do programa, com um custo

"A presença desse jovem simpático, na ponta direita, fez com que a Globo pusesse esta fotografia de um aniversário do Jornal Nacional... no lixo." Da esquerda para a direita: Cid Moreira, Boni, Alice Maria, Alexandre Garcia, Roberto Marinho, Joelmir Beting, Lillian Witte Fibe, Sérgio Chapelin e PHA.

baixíssimo: vídeos da internet ou dos espectadores, a minha narração e o trabalho fabuloso de editores e sonoplastas. Todo custo amortecido. Hoje, na rua, sou tanto identificado como aquele do "Olá, tudo bem?" como o "dos Bichos Curiosos"... Digo aos meus colegas que tenho muito orgulho de ser "locutor de pet shop". Modestamente...

Manual inútil da televisão

Olá, tudo bem?

— Ted, você criou a televisão "notícia 24 horas por dia", "*all news network*", uma rádio com imagens, a CNN. Depois disso, qual será a próxima onda?

— Você acha que eu vou ter duas ideias na vida? — respondeu Ted Turner. — Eu tive uma e basta! Nem o Einstein!

— Você fez uma televisão mundial...

— Pera, pera aí. Eu fiz uma televisão americana para passar no mundo inteiro.

Era uma mesa em que estávamos eu, Ted Turner e a mulher, Jane Fonda, e Carlos Fuentes, o romancista mexicano autor de *Gringo Viejo*, que, no cinema, Jane interpretou ao lado de Gregory Peck.

Fidel Castro surgiu à conversa.

Sabe-se lá como, Castro e Ted ficaram amigos.

* * *

Castro e Roberto Marinho também se davam muito bem. Marinho queria intermediar a venda de usinas de açúcar brasileiras para Cuba. E, para adocicar, cedia as novelas da Globo, de graça. Na Bodeguita del Medio, na Habana Vieja, nas paredes, vi fotografias autografadas de Lucélia Santos e Regina Duarte, ao lado de Ernest Hemingway.

Fidel enrolou o amigo, não comprou usina nenhuma e continuou a receber as novelas.

* * *

Fuentes disse que Castro e o ditador espanhol Francisco Franco tinham uma ligação muito forte: eram galegos!

"Portanto, tiranos!", disse Fuentes.

Cheguei em casa e contei a história à minha filha, Maria, já que minha ascendência, por parte de pai, é de marujos galegos que desceram para o Porto. E ela reagiu: "Galegos e tiranos... Qual a novidade?".

E o que eu estava fazendo ali?

Uma das espertezas do Ted foi criar o programa *World Report*, na CNN, que entrava no mundo todo.

Correspondentes de várias nacionalidades faziam reportagens sobre seus países e, com isso, a CNN conquistava simpatia e era exibida no mundo inteiro.

Não custava um tostão à CNN e abria as portas.

O único compromisso que a CNN assumia é que não tocaria no conteúdo das reportagens que exibisse.

E as reportagens, é claro, tinham que ser num inglês que todo mundo pudesse entender, ainda que com sotaque.

A Globo me encarregou de representá-la no *World Report*, e lá estava eu toda semana.

Por ser um dos mais aplicados, fui sentar na mesa do dono...

Terremoto de Los Angeles

Um dia, o *World Report* resolveu fazer uma chamada na programação em que os correspondentes saudassem o espectador em sua própria língua.

Gravei o que me pareceu óbvio: "Olá, tudo bem?".

Pouco depois, fui cobrir um terremoto em Los Angeles e, no hall do hotel, um americano se vira para mim e diz num português atropelado:

"Olá, tudo bem?"

Caramba! Isso aí dá um bordão!, pensei. Cola, pega!

E, como diz o Boni, televisão tem que ter bordão.

Quando fui para a Record, passei a usá-lo sistematicamente, e hoje, por onde ando Brasil afora, me saúdam com o "olá, tudo bem?".

Uma farra.

"Debbie Dougherty, produtora da CNN, Turner e Siomara Tauster, em Atlanta. Jane Fonda não quis estragar a foto."

Quanto ao bordão de encerramento do *Domingo Espetacular*, "boa noite e boa *sorrrte*!", com um *r* bem carioca, para que não haja dúvida sobre minha procedência, trata-se de um plágio vil. De um dos maiores jornalistas da tevê americana, Ed Murrow, que encerrava seus programas dessa forma.

George Clooney contou sua história — amarga — em *Boa noite e boa sorte*.

No meu caso, não tem nada de amargo.

É, apenas, para desejar boa noite e boa sorte.

Quer dizer, *sorrrte*!

Com um sorriso.

"É como tomar água da lama."
Advertência do âncora da *ABC News*, Peter Jennings, ao âncora Paulo Henrique Amorim sobre a necessidade de se preparar para fazer uma entrevista ou entrada ao vivo.
Se não se preparar...
"O 'ao vivo' é uma bala de canhão. Depois de disparado, não tem como trazer de volta."
Óbvio ululante...

Manual inútil de português para a televisão

1. O melhor tempo do verbo é o infinitivo;
2. Voz passiva e particípio passado, evitar;
3. Gerúndio, nunca; "nunca" significa nunca. O Gabriel García Márquez sugeriu à Real Academia Española suprimir o gerúndio da língua espanhola;
4. O verbo é melhor que o substantivo que dele deriva: "ir" é melhor do que "ida"; "sugerir" é melhor do que "sugestão";
5. Adjetivo, quase nunca;
6. Orações subordinadas ou coordenadas, não: em dúvida, dê ponto;
7. O mais importante vem em cima;
8. De preferência, começar a frase com o sujeito;
9. A primeira frase de uma cabeça deve ser uma manchete; primeiro afirme e depois explique (a explicação costuma ser enfadonha); não usar na cabeça "dramático", "impressionante", "hediondo", "inacreditável", "incrível", "o Brasil inteiro se comoveu", "o Brasil parou diante desse crime!" — o espectador não tem nenhuma obrigação de sofrer com você ou acreditar em você. Ele sente o que quiser e pode achar que você é

ridículo ao tentar lhe empurrar um sentimento goela abaixo. Pode parecer incrível, mas o espectador não é um idiota;

10. Ao redigir um *off*, case texto com vídeo; falou no cachorro, mostre o cachorro; mostrou o cachorro, fale no cachorro;
11. Pense em como abrir e como fechar: isso facilita pensar no meio (de uma cabeça ou de um *off*);
12. Começar uma cabeça (e um *off*) de forma forte, e terminar de forma expressiva: com poesia, surpresa, emoção, choque e, de preferência, com um sorriso do espectador;
13. O espectador não tem nenhuma obrigação de pensar, fazer cálculos, calcular uma raiz quadrada, imaginar hipóteses enquanto assiste a uma reportagem. Pense por ele. Explique tudo. Se a sua tia do Grajaú não entender, você perdeu a guerra;
14. Televisão não gosta de números. Arredonde. Use pouco. E faça gráficos claros;
15. Não use palavras difíceis. Guarde para o seu próximo artigo na *Folha de S.Paulo.* TODO mundo tem que entender o que você fala.

"Sinto-me feliz todas as noites quando assisto ao noticiário. Porque, no noticiário da TV Globo, o mundo está um caos, mas o Brasil está em paz."

General Médici, ditador, 1972

Tom Jobim — medalha, Villa e a morte

Eu era correspondente da Globo em Nova York e o Tom Jobim morava lá. Ele é autor daquela frase: "Nova York é uma maravilha, mas é uma merda, e o Rio é uma merda, mas é uma maravilha".

E de outra: "Nova York é uma cidade muito boa pra gente ver de maca".

Eu conheci o Tom porque éramos moradores do final do Leblon, no Rio, e frequentávamos a mesma banca de jornal que ficava em frente à falecida farmácia Piauí.

O Tom, o meu amigo Hedyl Valle Jr. e eu, nos domingos de manhã, íamos para um botequim infecto ao lado da farmácia tomar chope.

E a gente ficava ali a falar mal dos outros, rir muito e comentar as notícias.

Um dia, em Nova York, me telefona o embaixador do Brasil na ONU, o Ronaldo Sardenberg: "Olha, Paulo Henrique, você recebeu a condecoração da Ordem de Rio Branco, do Itamaraty. É uma decisão do presidente Itamar Franco e eu guardei para te dar essa notícia, porque quem também recebeu, em um grau mais alto, foi o Tom Jobim. E ele me disse que não ia receber porra nenhuma. Eu insisti e o Tom me disse:

'Se você arrumar uma pessoa de quem eu goste para receber comigo, eu vou'. Aí, um dia, eu liguei para ele e disse que você ia receber. O Tom então topou".

O Tom tinha chegado mais cedo à solenidade e tomava uísque.

Ele me disse: "Poxa, o Vinicius [de Moraes] é que tinha razão: seria tão bom se a gente pudesse ficar tomando uísque assim, tomando, tomando, e não acontecesse nada, só tomando uísque".

Fomos para o salão e ficou estabelecida a regra do jogo: uma solenidade seca, sem discurso, pois, teoricamente, só quem poderia falar era o presidente da República, mas, como ele não estava ali, a cerimônia se resumiria a um funcionário do Itamaraty ler o decreto presidencial que conferia as duas medalhas.

A certa altura, quando o funcionário começou a ler, o Tom interrompeu naquele ritmo escocês, e disse: "Não! Tem que ter um discurso".

O funcionário, perplexo, parou. Eu fiquei olhando para o Tom, que falou: "Quem vai falar é o Paulo Henrique. Ele é que sabe falar".

Surpreso, eu disse, meio no grito: "Todo brasileiro tem o seu hino nacional próprio. Eu tenho três: a 'Bachiana n. 5', do Villa-Lobos, o 'Carinhoso', do Pixinguinha e o 'Águas de Março', do Tom Jobim".

Tom pareceu feliz com a promoção de "Águas de Março" à categoria de hino nacional, e resolveu discursar: "Você me coloca ao lado de Pixinguinha e Villa-Lobos. Quero dizer o seguinte: o Villa-Lobos é a cordilheira. Nós, todos os outros, somos a planície. O Villa está lá em cima e nós, aqui embaixo. Aí, nos

"Tom Jobim recebe a Ordem do Rio Branco e diz que o Villa é a cordilheira."

igualamos, eu, Pixinguinha, o Radamés e todos os outros... E quero dizer uma coisa, a obra-síntese de toda a monumental obra do Villa é o 'Prelúdio n. 3' " ("de preferência com o Turíbio Santos", me deu vontade de dizer...).

E emendou o Tom: "Três povos têm a melhor música do mundo: o cubano, o americano e o brasileiro. E o que nos une? A grande nação Iorubá".

NOTA FÚNEBRE

Um dia fui fazer uma entrevista com um famoso cardiologista nova-iorquino e encontrei o Tom na antessala. "O que você veio fazer aqui?".

"Tô com o meu coração arrebentado. Querem me fazer uma ponte de safena, mas eu não quero."

Eu disse que tinha aplicado duas safenas e uma mamária e estava inteiraço.

Ele disse: "É, mas eu tenho medo".

Um dia, Tom foi fazer uma operação na próstata, ainda em Nova York.

O problema da próstata era irrelevante.

Morreu de infarto na mesa de operação.

Eu estava em Miami, na cobertura da reunião do Bill Clinton com presidentes da América Latina para criar a ALCA.

Entrevisto Carlos Menem, presidente da Argentina e, de repente, sem mais nem pra quê, pergunto: "O senhor sabia que, hoje, Tom Jobim morreu em Nova York?".

Ele me olha com infinita perplexidade, vira a cabeça para trás, cochicha com um assessor e me responde prontamente: "*La Argentina llora la muerte del gran cantante brasileño!*".

"O sr. Roberto Marinho executou sempre, no Rio de Janeiro, uma espécie de blandiciosa ditadura pela lisonja. Quem lhe desse, como lhe deram, o privilégio de pôr um imenso anúncio luminoso na barra do Pão de Açúcar... a estadista seria promovido no dia imediato."

Carlos Lacerda sobre Roberto Marinho, na CPI do *Time-Life*, que ia destroçar Roberto Marinho, em 1966.
Os militares o salvaram.
E cassaram Lacerda.

Pelé predador

Fui participar da cobertura da viagem do presidente Sarney a Washington.

Na embaixada brasileira, encontrei Lucas Mendes, então chefe do escritório da Globo em Nova York.

Pelé chega numa limusine, sozinho.

Todos os olhares se dirigem a ele.

Pelé vem em direção a Lucas, seu amigo desde que jogou no Cosmos, em Nova York.

Enquanto Pelé sofria para cumprimentar todos os outros convidados, Lucas me explica que Pelé jamais sai de um evento desses desacompanhado.

"Acompanhe os movimentos do predador", ele disse.

E passamos a acompanhar os movimentos dele no salão.

Aproxima-se de uma loura.

De outra, afasta-se.

Sempre sem tocar numa gota de álcool.

"Ele ainda não achou a presa da noite..."

Continuamos a vigiar à distância seus passos calculados.

Sorrisos, beijinhos, fotos.

(Ainda não existia a praga do *selfie*.)

"Achou!", disse Lucas.

Pelé se aproxima de uma loura deslumbrante, alta funcionária do Departamento de Estado.

Ele se apresenta

Desnecessário.

"Falta pouco", disse Lucas.

Pelé e ela sorriem, conversam animadamente.

Menos de uma hora depois, parte a limusine.

Com a presa dentro.

“Nunca vi o Pelé sair de uma festa sem uma mulher.”

Lucas Mendes, amigo e tutor de Pelé quando jogava no Cosmos de Nova York.

Pelé, língua franca do Inferno

Eu fui cobrir o genocídio em Ruanda, no ano de 1994.

Saímos de Genebra e fomos para Nairóbi, no Quênia, onde nos abastecemos. Embarcamos num voo humanitário da Força Aérea alemã e, encaixados entre pilhas e pilhas de alimentos e remédios, eu, o cinegrafista Paulo Zero e o produtor David Presas seguimos direto para a República Democrática do Congo, que, na época, se chamava Zaire.

Saltamos na cidade de Gisenyi, às margens do lago Kivu.

Gisenyi era a base de operações da ONU e de todas as equipes de jornalismo que cobriam a guerra civil. Também ali se instalou uma espécie de "governo de Ruanda no exílio".

Quando desembarcamos no "aeroporto" de Gisenyi, fomos "assaltados" por funcionários da imigração — que nos tiraram os passaportes — e cercados, literalmente, por pedintes e assaltantes propriamente ditos.

Era impossível descer em Kigali, capital de Ruanda.

E ali perto ficavam os campos de refugiados que saíam de Ruanda a pé, em longas marchas de multidões de maltrapilhos e feridos.

Eles eram alojados em acampamentos da ONU e organizações como a Médicos Sem Fronteiras.

Também ali ficaram estacionadas as tropas do governo Clinton, que não fizeram nada para evitar a guerra civil.

(Depois, no fim do governo, Clinton foi a Ruanda pedir perdão pela criminosa omissão.)

E ali eu tive uma das experiências profissionais mais terríveis da minha vida — testemunhar os efeitos da guerra civil.

Que pude descrever num *Globo Repórter* inteiro.

Eram pessoas que se organizavam para morrer num campo de cólera.

Outras, que comiam papel misturado com água quente.

As primeiras vítimas são sempre os mais vulneráveis: os velhos e as crianças.

Num campo de cólera, em Ruanda.

Vi gente correndo com machado na mão, atrás de um homem em fuga, e o assassinato coletivo.

Era um ladrão do campo, explicaram depois.

Na beira da estrada, pilhas de cadáveres.

Um casal de jovens brasileiros de São Paulo, voluntários da Médicos Sem Fronteiras, depositava a velhinha num lençol, no chão, para que morresse com menos sofrimento, num alojamento para vítimas da cólera.

Quase indescritível. Um jornalista do *New York Times*, veterano da cobertura da Guerra do Vietnã, escreveu um artigo sobre a experiência em Ruanda e disse: "Quem foi ao Vietnã e a Ruanda, morrerá sem esquecê-los — será a experiência profissional mais terrível que viveram".

Não cobri a Guerra do Vietnã.

Mas subi no Morro do Alemão várias vezes.

E fui a Ruanda.

Era impossível se comunicar com os acampados.

Não falavam o francês dos belgas, não falavam inglês.

Para fazer algumas filmagens, o Paulo Zero precisava deslocar no braço dezenas de crianças que nos acompanhavam.

David tentava explicar que era preciso que saíssem dali, do campo de alcance da câmera.

Impossível.

A certa altura, as crianças perceberam o que ele queria, mas, de pirraça, não saíam da frente.

Até que o David teve uma ideia: olhou para o líder do grupo e disse "Pelé! Pelé!".

Todos repetiram: "Pelé!".

David apontou para o peito e para nós: "Pelé! Pelé!". E com o movimento dos dois dedos indicadores unidos, mostrou que éramos amigos dele.

Pronto: as crianças fizeram o que David pediu.

A verdadeira língua franca não é o inglês, mas "Pelé!".

* * *

Paulo Zero conta que ele e o repórter Fernando Silva Pinto foram cobrir a tomada da embaixada americana em Teerã. Eles vinham do escritório da Globo em Washington e todo o equipamento era americano ou japonês. Desembarcaram no aeroporto e ali mesmo foram encarcerados pelos funcionários xiitas. Tentaram inutilmente provar que não eram america-

"Com Paulo Zero, em Ruanda, com a intermediação de Pelé."

nos, mas brasileiros. Inútil. Nem os passaportes eram suficientes para convencê-los. Até que um dos guardas resolveu fazer o teste definitivo:

"Se vocês são brasileiros mesmo, sabem de cor o imortal ataque do Santos!"

Zero ou Silva Pinto, um dos dois respondeu:

"Dorval, Lima ou Mengálvio, Coutinho, Pelé e Pepe!"

Foram imediatamente libertados.

No Congo: um pouco de arroz vale três faisões

Para cobrir a guerra civil de Ruanda, nossa equipe parou antes em Gisenyi, no Congo.

O melhor hotel da cidade de Gisenyi era Les Trois Lacs, "Os Três Lagos".

Gravamos o *off*. Eu me lembro que foi uma gravação penosa, eu nunca errei tanto. Eu repetia, repetia e repetia e não sei como o Paulo Zero conseguiu transformar a narrativa caótica em algo inteligível (nessas situações o Zero funcionava também como um pré-editor).

À noite, fomos ao restaurante do hotel. Pedimos cerveja. A região produzia uma excelente cerveja, com tecnologia belga. O *maître*, vestido de *maître*, aproxima-se, e fazemos o pedido: arroz.

É que no Quênia tínhamos comprado latas de atum e salmão.

A ideia era comer salmão e atum, com arroz.

Providência inevitável, pois, diante de nós estava o lago Kivu, onde tínhamos visto cadáveres boiando.

Quando o *maître* percebeu a artimanha, disse que aquele era o melhor restaurante da cidade e ele não iria se desmoralizar diante dos outros clientes e servir arroz com atum em lata!

Foi uma discussão diplomática muito complexa. Até que eu consegui convencê-lo de que nós seriamos capazes de simular que tínhamos pedido o prato mais caro do cardápio — um faisão. Ele não precisava trazer o faisão, guardava o nosso faisão para outros ilustres clientes. Bastava o arroz que já viria da cozinha acompanhado de salmão e atum. E, discretamente, lhe passaríamos as latinhas respectivas.

E pagaríamos pelo arroz o preço de três faisões!

Foi o que permitiu que a negociação se concluísse com sucesso.

Em tempo: num jantar, uma jornalista italiana contou que uma funcionária da ONU tinha avisado que estavam para chegar ali as equipes japonesas. "E quando os japoneses chegam, é hora ir embora, porque o assunto acabou". Perdeu a importância como "notícia", ela quis dizer. E não foi nada ofensivo, suponho. É porque o Japão fica muito longe.

“O Waltinho não precisa se preocupar com prazo, custo nem tempo de utilização da ilha de edição. Logo, ele não faz televisão.”

Mônica Labarthe, excelente editora da TV Globo, sobre os especiais para televisão que o Waltinho Moreira Salles fazia para a TV Manchete.

As honras do anfitrião

Roberto Marinho tinha em Nova York um apartamento num prédio do Donald Trump, no Central Park South, o Trump Parc.

Trinta e oito andares, trezentos apartamentos, serviço de hotel, *concierge*, empregada, arrumadeira, lavanderia, porteiros 24 horas e sofisticado sistema de alarme e segurança.

No pets allowed.

A entrada é de granito polido e o prédio de 1930 tem decoração Art Déco e arquitetura neoclássica!

Um horror, portanto!

Mais para cassino do que para apart-hotel.

Marinho quase não ia lá.

Quem cuidava dele era o Felipe Rodriguez, presidente da Globo de Nova York, a GINY.

Devia ser para investimento e não para usufruto.

Collor foi a Nova York abrir a Assembleia Geral da ONU.

Marinho teve a infeliz ideia de convidá-lo para jantar "em casa".

A casa não estava preparada para receber um chefe de Estado.

Ainda mais que as relações entre Collor e Roberto Marinho eram protocolares, gélidas.

Depois de mandar no governo Sarney, Marinho ficou vendido na sucessão de Sarney.

Apoiou Quércia, Afif Domingos e Covas.

Três frias.

Quando aderiu ao Collor, Collor já estava na frente do ibope.

Collor me disse: "Não vou ser como o Sarney e comer pela mão do Marinho".

Mas, aceitou o convite para jantar.

Foi um desastre retumbante.

O jantar atrasou, chegou frio, não havia lugares para todos, o cardápio, um quebra-cabeças...

Mas, D. Lily Marinho não teve culpa.

Ela se valeu de um amigo nova-iorquino, um brasileiro, dono de uma loja de flores perto da Park Avenue.

As flores eram belíssimas.

Mas a comida...

Os convidados foram o irmão Pedro Collor e a mulher Thereza, o cônsul do Brasil em Nova York, Carlos Augusto dos Santos Neves, Rodriguez e eu.

Collor não chegava.

Tomávamos champanhe, mas comer que é bom...

O que comprometeu a qualidade do jantar, claro.

Enfim chegou o presidente com duas acompanhantes imprevistas, o que desarrumou mais ainda a organização do evento.

Eram a cantora Simone e sua companheira, Ísis de Oliveira.

Os três nos cumprimentaram secamente, Collor comentou que, no dia seguinte, seria sabatinado pelos editorialistas do *New York Times*, seguiu para um sofá de veludo vermelho e lá ficou o jantar inteiro, com uma de cada lado.

Não bebeu.

Comeu pouco.

Levantou-se e foi embora com as duas, que, explicou, estavam no mesmo hotel que o dele, o Plaza, a dois quarteirões dali.

Também do Trump.

“De que tanto ri a Elis [Regina]?”

Nara Leão, em conversa para uma reportagem da revista *Realidade*, que acabou não sendo feita. (Nara e Elis eram muito chatas, não rendiam reportagens exclusivas.) Eu reproduzi a frase para o Sérgio Cabral, o pai, que publicou numa biografia da Nara.

Hey, you guys from Rio, follow us!

Um dia me apareceu o escritor Fernando Sabino no escritório da *Veja* em Nova York, onde eu trabalhava, em 1968.

O *Jornal do Brasil* o havia contratado para escrever umas crônicas sobre Nova York, e ele pediu sugestões.

Sugeri que ele me acompanhasse numa tentativa de cobrir a campanha a prefeito do escritor Norman Mailer.

Mailer não tinha a menor chance: era uma "candidatura de protesto", de um romancista fascinante (eu lia tudo dele), um *radical*, na linguagem do fim dos anos 1960, em Nova York.

Lá fomos Fernando e eu para o QG da campanha do Mailer, no Rockefeller Center.

Expliquei que gostaríamos de ter a credencial para seguir a comitiva do candidato, que, no sábado seguinte, sairia de manhã cedo, da casa dele, para diversos pontos da cidade.

"Mas, quantos votos o Norman vai ter no Brasil?", perguntou o cara que nos recebeu.

"Provavelmente nenhum", respondi.

"Olha, faz o seguinte. O Norman vai sair da casa dele em Brooklyn Heights às sete da manhã. Estejam lá e virem-se."

"Mas, onde é a casa dele, qual o endereço?"

"Virem-se!", foi a resposta.

(O Brooklyn Heights é um dos mais aristocráticos bairros de Nova York, fora da ilha de Manhattan.)

No sábado, às seis e meia da manhã — era um inverno ártico! — estávamos lá, eu e o Fernando na porta da casa do Norman.

Havia uns cinco ou seis carros à espera dele.

Às sete em ponto sai ele de casa.

Entra no primeiro carro.

E os outros o seguem.

E nós?

Eu gritei para o cara que estava num dos carros mais próximos de nós: "E nós?".

Ele botou a cabeça para fora da janela e disse: "*Hey, you guys from Rio, follow us!*" ("Vocês aí, do Rio, sigam-nos!").

Mas, seguir como?

Tínhamos ido de metrô, para seguir na comitiva...

Fomos, sim. Para um boteco ali próximo, tomar um café bem quente e cair na gargalhada.

Eu não escrevi nada.

Fernando fez uma crônica divertida para o JB.

A vingança é que o Mailer tomou uma tunda na eleição!

—

"*De los pobres, señor.*"

Motorista de táxi em Bogotá, na Colômbia. Eu vinha de Medellín, onde cobri o enterro do traficante Pablo Escobar. Pernoitei em Bogotá e, à noite, resolvi dar uma volta pela cidade (horrível).
A certa altura, o motorista se vira para mim e diz: "Aqui, señor, viven los ricos".
"E de que vivem os ricos?", perguntei, na esperança de ouvir "*de la droga, señor*"...
Ele era mais sabido que eu.

—

Traduzir Glauber Rocha

Eu era correspondente da *Veja* em Nova York, e numa manhã de domingo adentram a minha (minúscula) casa Luiz Carlos Barreto, Nelson Pereira dos Santos e Sérgio Cabral (o pai, que, até hoje, não sei o que fazia ali...).

No dia seguinte se iniciava no Museu de Arte Moderna um festival de cinema brasileiro e, na mesma segunda de manhã, haveria uma coletiva de imprensa com Glauber Rocha e o Nelson. E eles não tinham encontrado um tradutor.

Eu estava intimado a ser o tradutor.

Lá fui eu.

Um desastre ferroviário, como diria o Mino Carta.

Na primeira fila, uma senhora da UPI, agência de notícias que não existe mais.

Implacável, ela perguntava, e perguntava, e queria aprofundar as respostas desconexas, longas, do Glauber.

Glauber era absolutamente ininteligível.

E a minha versão deveria piorar ainda mais as coisas.

A certa altura, irritada, a repórter reclamou:

"Mas, eu não estou entendendo nada!"

"Eu também não, minha senhora", respondi.

“Esse Conselho não vai se instalar.
Se for instalado, não vai funcionar.”
“Por quê?”, perguntei.
“Porque a Globo não quer.”
Antonio Carlos Magalhães sobre o
Conselho de Comunicação Social
para vigiar a televisão, criado pela
Constituição de 1988.
Instalou-se.
E não funcionou.

ACM: «esse rapaz tem caráter»

Antonio Carlos Magalhães era governador da Bahia nomeado pelos militares, e indicou Mario Kertész prefeito de Salvador.

Os dois resolveram aplicar um tarifaço na passagem de ônibus.

A população se revoltou e queimou vários ônibus.

Foi um Deus nos acuda!

Eu era redator-chefe do *Jornal do Brasil* e dei aberta, na primeira página, a foto de um ônibus incendiado, na região do Comércio, na Cidade Baixa.

Quem fez a cobertura foi o competente chefe do escritório do JB em Salvador, o Juarez Bahia.

No dia seguinte, chego no início da tarde à redação, e o dono do jornal, Nascimento Brito, manda eu telefonar para Antonio Carlos, que estava uma fera com o jornal, e que eu dissesse que ele, Brito, não podia falar, mas eu falaria em seu nome.

ACM estava descontrolado.

"Esse é um protesto de merda, uma questão mu-ni-ci-pal, não tem nada que estar num jor-nal do Bra-sil! Isso é coisa desse nêgo safado!", para se referir ao Bahia.

Eu interrompi e disse:

"Governador, esse telefonema é em nome do dr. Brito, e acho que a conversa não se trava nos termos adequados."

Ele desligou na minha cara.

E ligou para o Brito.

"Brito, esse teu Amorim tem caráter!"

Mais tarde, num episódio na Rede Globo, quando Roberto Marinho mandou me demitir porque denunciei um *rombo* que o editor transformou em *roubo* —, Antonio Carlos tramou com Armando Nogueira para me salvar.

E salvou.

Por um tempo...

"O Ministério Público é o DOI-CODI da democracia."

De um constituinte de 1988

Manual inútil do repórter

1. Repórter não dá opinião;
2. Diferença entre passagem e encerramento:

    a) A passagem introduz outro ângulo ou aspecto da matéria;
    b) O encerramento é para o que se apurou depois de escrito o *off*; para o que não for possível ilustrar, ou para amarrar as informações, *sem opinar*;
    c) Evitar gestos exagerados, movimentos de mão. Repórter não é ator. O movimento da mão esquerda costuma trair o ator que se esconde dentro do peito de muito repórter medíocre;
    d) A passagem não foi feita para o repórter aparecer ou se exibir;
    e) A primeira passagem não deve repetir a cabeça lida pelo apresentador: é redundante. Só serve para "exibir" o repórter;
    f) Quanto menos passagens do repórter, melhor: a reportagem tem que se impor por si mesma;

3. Por incrível que pareça, o que interessa é a reportagem, o que ela informa, diverte; o repórter é um instrumento da reportagem, e não o contrário; em passagem, encerramento ou quando o repórter conversar ao vivo com o âncora, falar *pouco*: duas frases curtas. No diálogo com o âncora, especialmente quando o *stand up* do repórter contiver todas as informações (não havendo VT), cabem três ou quatro frases *curtas*;
4. Todo ao vivo tem que ser combinado: âncora e repórter não se surpreenderão no ar;
5. O entrevistado deve olhar *sempre* para o entrevistador;
6. Quando o entrevistador for o repórter (e não o produtor), o repórter deve aparecer de lado, brevemente, para provar que está lá;

    a) *Brevemente*, porque há muitos repórteres que forçam o cinegrafista a enquadrá-los de forma a aparecerem mais ou tanto quanto o entrevistado;

7. Enquadramento do repórter:

    a) Começar com plano médio, com o repórter mais para o lado oposto ao da imagem, prédio, ou a situação que contém uma informação ou o situe na matéria;
    b) O repórter não deve ficar de frente, chapado contra a câmera, mas levemente de lado;

c) Quando for um encerramento, fechar lentamente em *close up*.

8. Escada:

a) O repórter deve fazer o *stand up* num nível acima da rua, para evitar que o fundo desvie a atenção do espectador;
b) Se preciso, subir numa escada;

9. *Ficar parado*:

a) Numa passagem, o repórter só deve andar quando isso contiver uma informação ou for essencial para o espectador entender o que está acontecendo;
b) Cabe andar quando for para explicar que "o carro saiu daqui e bateu na árvore desse lado da calçada";
c) Andar de um lado para o outro ou em direção à câmera, sem que isso tenha qualquer informação, é apenas para "vender" o repórter, ou fingir que ele tem uma informação que não tem;
d) Os programas "jornalísticos" policialescos inventaram o "plano sequência" — o repórter desembestado, a correr de um lado para o outro, ofegante, como se tivesse alguma informação explosiva a dar. É uma daquelas contribuições do Brasil à treva universal. Confunde e não informa;

e) Se andar desse credibilidade a repórter, o Quênia teria os melhores jornalistas de tevê do mundo;

10. Na entrevista sentada, um a um, usar microfone de lapela;
11. Não fazer pergunta em contraplano depois da entrevista. É falso. No contraplano, ficar sério. Não concordar nem discordar com a cabeça;
12. O repórter deve estar sempre vestido como se tivesse sido convidado para jantar na casa do espectador:

    a) Rapazes barbeados, de terno passado (não usar linho ou brim, porque amarrotam muito), em cores discretas — cinza, pastel e azul marinho, de preferência. Não usar camisa branca *sem* paletó;
    b) O cabelo e maquiagem das moças também discretos. As joias, idem;
    c) As unhas devem ser pintadas em cores discretas;
    d) Não se recomenda que as moças usem e exibam, de frente e de costas, calças muito justas. Passaram a ser tão justas que, no caso de um inesperado evento de flatulência, a calça pode se arrebentar;
    e) As repórteres podem se surpreender com a observação, mas, estar no vídeo não significa que estejam também na SP Fashion

Week. Muito menos em ambientes fechados de intensa luminosidade e burburinho;

f) É inútil tentar, pois, de cem repórteres, só uma vira Xuxa ou Ana Hickmann;

13. Narração em *off*:

 a) Narrar como quem conta uma história. Repórter não é locutor. E muito menos ator. Não é preciso gritar, cantar, chorar ou interpretar;
 b) De preferência, o repórter não deve dar a impressão de que chora no *off*: o espectador não é idiota — ele saca a hipocrisia;
 c) Só dar ênfase às palavras a que o espectador deve de fato prestar atenção;
 d) Sem cantar ou interpretar, dar ritmo, cadenciar a narração;
 e) Narrar mais rápido é sempre melhor, desde que o espectador entenda;
 f) Pronunciar as sílabas — *todas*. Não esquecer da última;
 g) Seja claro. Faça frases curtas. Em dúvida, use o ponto — é melhor que a vírgula;
 h) A narração é a principal forma de comunicação do repórter. Comece de novo. Tente. Corte. Não grave o *off* se estiver ofegante;

14. Ajude o editor de imagem a casar imagem com áudio. A regra é a seguinte: falou em cachorro,

mostre o cachorro; mostrou o cachorro, fale em cachorro;

15. Ajude o cinegrafista. Peça para ele fazer imagens que ajudem a descrever o ambiente, a entrar na alma do personagem, a transmitir o espírito da reportagem. Se não fizer isso, você limita o seu *off* ou leva o editor à loucura.

"Governador, eu vou dormir
ouvindo o senhor e acordo
ouvindo o senhor."

Velhinha gaúcha a Brizola.
Para me explicar que usava muito
o rádio, quando era governador do
Rio Grande do Sul. Muito.

Se o Boni ainda mandasse na Globo...

No dia 14 de outubro de 1993, Boni me convidou, e a Felipe Rodriguez, presidente da Globo Internacional de Nova York, para almoçar no Sparks.

(Rodriguez, um cubano militante anticastrista de Miami, é quem fornecia flamingos a D. Lily Marinho para a mansão do Cosme Velho.)

Aquela era, segundo Boni, a hora de melhorar o nível da televisão brasileira, e a melhor forma de fazer isso era investir em jornalismo.

Botar dinheiro e talento na cobertura da comunidade, a começar por São Paulo.

Dar a São Paulo maior participação na rede nacional.

E mais participação do jornalismo local, com a cidade de São Paulo, Bauru, Campinas, por meio das afiliadas.

Ele queria tirar do estúdio o âncora do *Jornal Nacional*, à época o Carlos Nascimento.

Disse que tentou de tudo, mas não conseguia.

Por exemplo: o Nascimento chamaria o repórter ao vivo, entrevistaria ele com as últimas informações do local. Em função de uma coisa que o repórter tivesse dito, Nascimento diria: "Fulano, vamos aprofundar isso, ver o desdobramento daquilo; te chamo daqui a pouco". No final, Nascimento voltaria a falar com ele ao vivo.

Desde que Nascimento ancorasse da rua, com temas locais de São Paulo.

Mas, disse ele, ao parafrasear o que se diz na tevê americana, "o âncora é o cara que fica dentro da caverna dizendo o que acontece lá fora para quem está lá fora".

(Na saída desse almoço, no carro, Boni me perguntou se eu já tinha renovado o contrato com a Globo. Eu já tinha, mas disse que não, para ver o que ele ia dizer.

Boni respondeu:

"Se não tivesse renovado, era bom você saber que eles fizeram uma pesquisa e você e o Nascimento são os caras de maior credibilidade..."

O tema foi devidamente considerado na renovação...)

De volta ao Sparks, onde, anos antes, os mafiosos Paul Castellano e Thomas Bilotti foram fuzilados, supostamente por rivais da família Gambino.

Naquela tarde mais serena, Boni continuou.

O *Globo Repórter* deveria continuar em rede, mas seria importante criar programas regionais, do mesmo formato, num outro horário.

A tendência, segundo ele, eram esses programas do tipo *magazine* — como *Fantástico* e *Globo Repórter*.

Ele disse que estava procurando "o nosso [da Globo] Jô", que estava no SBT.

Não é "o Jô, porque o Jô envelheceu, a fórmula cansou".

E lembrou que os similares, nos Estados Unidos, como o David Letterman — também em decadência, em 2014 — saem do estúdio.

"O pré-gravado do Jô é um equívoco."

Sobre o *Jornal Nacional*, uma crítica à obsessão do "doutor Roberto" de esculhambar o Rio do Brizola:

"O espaço do Rio no JN é superior à importância do Rio no Brasil. O Rio só tem tragédia e, quando o Rio entra, o JN fica parecido com o *Aqui Agora*, do SBT.

Ainda sobre o SBT:

"Boris [Casoy] não existe. Só [existe] no meio do sanduíche do *Aqui Agora*."

“Mídia técnica foi o jeito que o Lula e a Dilma acharam de, tecnicamente, fazer publicidade do governo na Globo.”

Roberto Requião

Como conheci Merval

Eu tinha acabado de chegar à TV Globo, e fui convocado para participar de um debate com os candidatos a prefeito do Rio, em 1985.

Os entrevistadores eram submetidos a um sorteio para saber quem perguntaria a quem.

Não me lembro de quem me coube.

Mas, lembro que coube ao Merval Pereira perguntar a Álvaro Valle.

Tratava-se de um diplomata menor, candidato dos militares — e do patrão, Roberto Marinho.

Percebi a inquietação do Merval.

Ele se vira para mim e diz:

"Você se importaria de fazer a pergunta ao Álvaro Valle. Você é novo na casa..."

"Me importaria, sim, Merval."

Ele talvez não quisesse correr o risco de fazer uma pergunta inadequada.

Há mais tempo na casa do que eu, devia achar que merecia o privilégio de não entrar em bola dividida.

Ele fez a pergunta, Valle tomou uma surra.

Elegeu-se Saturnino Braga.

Depois, o Paulo Nogueira, do *Diário do Centro do Mundo*, que conviveu com os dois no conselho editorial da Globo, contou que o Merval e o Ali Kamel, "cardeal Ratzinger" do jornalismo da TV Globo, digladiavam-se para saber quem mais puxava o saco do patrão.

Na época, o patrão era um dos filhos do Roberto Marinho — aqueles que no meu blog *Conversa Afiada* digo que não têm nome próprio: são filhos do Roberto Marinho.

“Por que você ganha mais do que eu?”

Uma das primeiras coisas que Evandro Carlos de Andrade fez quando chegou à TV Globo foi chamar à sala a repórter Glória Maria, do *Fantástico*.
Ele não entendia como ela podia ganhar mais do que ele, que tinha acabado de ser diretor de redação do jornal *O Globo*.
É possível que, hoje, Glória não se lembre disso, mas ela teria respondido:
“Evandro, por acaso você é racista?”

Ai, seu Zezé: na zona, hein?

Eu abri o escritório da *Veja* em Nova York, em 1968.

Ficava na rua 42 com a Quinta Avenida, de lado para a biblioteca pública.

Mas, a vizinhança era um pardieiro: prostitutas, tráfico de drogas, bêbados caídos na calçada. Quanto mais você se aproximava do Times Square, pior.

O Victor Civita, fundador da Abril, viu que o prédio tinha uma pequena entrada pela rua 43, que dava para os elevadores dos fundos.

Mandou mudar a sede social para a rua 43.

A rua 42 sumiu da correspondência, do cartão de visitas.

Numa manhã recebo a visita do Otto Lara Resende e do Armando Nogueira.

Estavam famintos, e fomos a uma lanchonete tipo McDonald's. Otto pediu um *cheeseburger* e veio o acompanhamento de sempre: fritas, repolho, cebola frita, ketchup, mostarda.

E um vaso gigante de Coca-Cola.

"Engraçado, aqui você pede um mísero sanduíche e eles trazem a Sinfônica de Boston", disse o Otto.

* * *

Eu tive uma discussão com o Armando. Ele era Botafogo e eu, Fluminense. E, na coluna no *Jornal do Brasil*, "Na Grande Área", ele esculhambava um lateral esquerdo do Fluminense, o Altair.

O Altair dava muito carrinho, e o Armando o desqualificava: "Ele não joga futebol, só joga deitado!".

Apertei, apertei, e ele admitiu que era por causa da concorrência com o Nilton Santos, do Botafogo e da seleção.

Puro clubismo... Como se alguém pudesse ser comparado ao Nilton Santos, a Enciclopédia!

Depois, fui trabalhar no *Jornal do Brasil*, o Armando já estava na Globo, e eu, quando havia um acontecimento importante no futebol, pedia para ele escrever alguma crítica, como se ainda existisse a "Na Grande Área".

* * *

Um parêntese. Sem o Armando, dei a Sandro Moreyra, outro botafoguense, a responsabilidade de escrever a crônica diária de futebol no JB. Sandro também era ótimo. Mas, mentia muito. Ele mesmo confessava que as melhores histórias do livro *Drama e glória dos bicampeões*, de Armando e Araújo Netto, sobre a Copa de 1962 no Chile, ele que teria inventado e contado aos autores.

Duas histórias de Sandro sobre Garrincha:

* * *

Antes de querer saber da seleção brasileira, os portugueses perguntaram por Pelé. Para eles, Pelé é ser sobrenatural, um craque que nunca existiu igual. Chamaram-no de Rei e só querem saber se o Rei vem a Portugal. Percebendo essa situação, Garrincha concluiu que: "O único crioulo neste país que levou vantagem com a Lei Áurea foi Pelé. Os outros continuam na mesma".

* * *

Mal chegara a Madri, uma das etapas de uma excursão do Botafogo, Garrincha sumiu, e o austero treinador Zezé Moreira, conhecendo seu jogador, foi às casas de "tolerância" da cidade procurá-lo. De táxi, percorria as barulhentas ruas cheias de mulheres se oferecendo. Avistando Garrincha, mandou parar. Já ia descendo quando Mané, que também o vira, gritou alegremente: "Aí, hein, seu Zezé. O senhor também aqui na zona!". Vermelhíssimo, Zezé sumiu no mesmo táxi.

* * *

Armando jamais escreveu uma nova crônica para o JB, mas lembrava de alguma antiga que se relacionasse com o assunto do momento.

E eu a republicava.

Tínhamos uma relação cordial.

“Jornal, rádio e tevê são instrumentos políticos.”

Assis Chateaubriand

Tancredo não quis o malufista!

Fui fazer televisão na TV Manchete.

Ao ser demitido do *Jornal do Brasil*, recebi o convite para voltar à *Veja*.

Não ia andar de cavalo a burro: eu estava determinado a *follow the money*, ir atrás do melhor salário — o da televisão.

E, mais do que isso, estava cansado de lustrar a reputação dos patrões — ia cuidar da minha própria.

Na Manchete, me deram um cargo "decorativo", como diria o Michel Temer: "diretor de jornalismo" — afinal, eu tinha acabado de dirigir o *Jornal do Brasil*.

Mas, não dirigia nada. Primeiro, porque eu não entendia nada de televisão. Segundo, quem mandava no jornalismo da Manchete era o Alexandre Garcia, chefe do escritório em Brasília.

Com sua ligação com os militares do governo Figueiredo — ele tinha sido assessor de imprensa do Figueiredo —, Alexandre foi quem conseguiu o canal.

Quando ia a Brasília, Jaquito, sobrinho do Adolpho Bloch, se hospedava na casa do Alexandre.

Alexandre controlava o conteúdo do noticiário político. Gerava as matérias de Brasília para o Rio em cima da hora, para que não pudessem ser editadas. A minha participação era secundária. Tanto é que só demorei lá sete meses.

Eu fui fazer vídeo e o Armando Nogueira, diretor de jornalismo da Globo, me viu no vídeo. O Arnaldo Niskier apresentava o programa *Debate em Manchete*, e de vez em quando me chamava para ser um dos debatedores.

Paulo Maluf, candidato a presidente da República — de si mesmo e do Alexandre Garcia — foi entrevistado. Para agradar os militares, disse que ia adotar uma política radical de defesa da indústria brasileira de computadores — que não existia.

"E o senhor pretende fazer o que com a IBM, jogar no lixo?", perguntei.

O Maluf não gostou e, na edição, a pergunta foi cortada.

Veio a campanha das Diretas Já e a Globo estava manietada: o Roberto Marinho não deixou cobrir a campanha.

Como os comícios das Diretas eram fora de Brasília, fora do controle do Alexandre, eu dei cobertura total.

Especialmente ao maior dos comícios, o do Brizola na Candelária, no Rio. Coloquei o máximo de câmeras ao longo da avenida Presidente Vargas, e fizemos uma cobertura espetacular, ao vivo.

Excepcionalmente, a audiência da Manchete ameaçou a Globo.

E a Globo, imobilizada, sem poder fazer cobertura, a tal ponto que, segundo a revista *Veja*, Roberto Irineu, filho mais velho de Roberto Marinho, desceu para o *switcher* e mandou colocar o comício no ar.

Pouco depois disso, o Armando me convidou para ir trabalhar na Globo. Não pelos meus belos olhos. Acredito que foi uma tentativa de esvaziar a Manchete. Tirar da Manchete alguém que pudesse fazer concorrência à Globo.

Eu avisei ao Adolpho Bloch que eu ia embora, e ele escalou o [Carlos Heitor] Cony para me convencer a não ir.

Eu me tranquei numa sala com o Cony e ficamos lá conversando sobre literatura e bobagens. Eu disse: "Olha, Cony, você não vai me convencer. Vamos enganar o Adolpho".

O Adolpho me pediu um último favor: participar do *Debate Manchete* com o Tancredo Neves, que estava praticamente escolhido pelo colégio eleitoral.

(Como se sabe, Tancredo tinha tanta admiração pelas Diretas Já quanto pela Grande Marcha do Mao. No livro *O quarto poder*, reproduzo entrevista com Delfim Netto, que mostra como Tancredo era o candidato do General Figueiredo, e como o Tancredo combinou tudo com o Golbery, em passeios de carro, sozinhos, de Belo Horizonte ao Colégio Caraça, ida e volta.)

"Olha, Paulo Henrique, faz esse favor para mim", disse o Adolpho, "porque o Tancredo me disse que não faria o programa com o Alexandre Garcia, de jeito nenhum. Eu perguntei com quem ele gostaria, e ele pediu para ser o Amorim".

Francisco Dornelles, sobrinho do Tancredo e seu ministro da Fazenda, me confirmou que Tancredo tinha feito essa exigência: "Não vou fazer o programa com aquele malufista!".

Antes do programa, Adolpho serviu, como sempre às sextas-feiras, uma monumental feijoada.

Tancredo esbaldou-se.

E foi gravar em seguida.

O Tancredo me puxou pela lapela do paletó — com as mulheres, ele puxava o fio de trás do sutiã; com os homens, era a lapela do paletó — e me disse: "O Dornelles me contou o que você fez".

Não entendi bem. Talvez se referisse ao fato de eu ir para a Globo, o que ainda era sigiloso.

“O Roberto Marinho já estava trocando Madureira por Cascadura.”

A entrevista de estreia do Jô quando trocou o SBT pela Globo foi com o patrão, nos jardins da casa do Cosme Velho, entre os flamingos de D. Lily Marinho.
O comentário acima foi de um especialista em Jô e em gagás.

Faça da nasalidade sua marca

Depois de contratado pela Globo, fiquei uns dois meses recebendo — bom salário — sem ter função definida.

O Armando Nogueira e a Alice Maria, que dirigiam o jornalismo da Globo, me mandaram treinar com a fonoaudióloga Glorinha Beuttenmüller para tirar um pouco da nasalidade da minha voz.

(Um dia, no restaurante Massimo, em São Paulo, o Elio Gaspari me disse que o Boni lhe tinha dito que eu não podia fazer vídeo por causa da minha voz. Boni nunca me disse isso.)

Glorinha fazia milagres, e uma geração de repórteres e apresentadores deve a carreira a ela e a seus exercícios mágicos: si-fu-xi-pá!, por exemplo.

Até que ela disse: "Faça disso [a nasalidade] uma marca sua".

(Walter Cronkite, o âncora americano que deu origem à expressão "âncora", era fanhosíssimo!)

Outro conselho que a Glorinha me deu: "Vista-se decentemente, faça a barba, porque você vai entrar na casa das pessoas na hora do jantar. Não chegue como um desqualificado".

Outra: "não grite, pois está todo mundo te ouvindo".

A primeira coisa que aprendi com o Armando, já burro velho — e achei fascinante a experiência, porque eu sabia escrever para jornal —, foi a escrever para televisão: frases muito curtas, manchetadas; em dúvida, dê ponto.

Mais parecido com a linguagem de blog.

O Armando me escalou para ser colunista de economia. Um disparate, porque o *Jornal da Globo* chegou a ter três colunistas de economia: eu, Joelmir Beting e Lillian Witte Fibe.

Era o delírio da hiperinflação!

O Armando pegava os meus textos e, com uma caneta esferográfica azul marinho, corrigia e cortava. Armando dizia assim:

"Televisão tem tudo para dar errado. Se der certo, é porque alguma coisa deu errado."

O Armando me sugeriu usar lente de contato. Eu não me adaptei e passei a trabalhar sem os óculos. Ele defendia a tese, e tinha razão, de que os óculos são um obstáculo entre o jornalista e o espectador, uma barreira.

Armando tinha também um aspecto perverso, de querer criar repórteres e situações, como se o diretor de jornalismo da Globo tudo pudesse: "Play God"!

Eu assisti a cenas constrangedoras, quando o Armando tentou transformar em estrela do vídeo o Ronald de Carvalho, editor de política — e que, depois, se esborrachou naquele repugnante episódio da edição do debate do Collor versus Lula.

O Ronald tinha uma barba rala e o cabelo já escasso. Armando o submeteu a transfigurações grotescas: pintar barba, o cabelo, fazer bigode.

E o Ronald se submetia àquilo com disciplina de sabujo. Acabou que não deu certo.

Alice Maria era a segunda na hierarquia do Armando.

Um dia eu entrei na sala dela, depois do *Jornal Nacional*, e ela me disse: "Você deve ter muita credibilidade, porque quando você entrou no JN a audiência subiu".

Essa foi a única vez em que, em doze anos de Globo, ouvi uma referência ao ibope.

O ibope na Globo era um segredo de Estado, segredo comercial, industrial. Só quem tinha acesso era o Boni, que compartilhava com os diretores que quisesse.

Os repórteres não podiam saber. Ninguém podia saber. Hoje o ibope virou xepa. As leituras online do ibope, minuto a minuto, provisórias e imperfeitas, ficam nas salas de qualquer chefe, nos corredores, todo mundo vê.

É para obrigar os funcionários a dar ibope, escravizá-los.

Na Record, tinha um editor, Edson Ribeiro, que, sentado na redação, só via a telinha do ibope. Não via o que estava no ar.

* * *

"Com o subcomandante Marcos, na fracassada guerrilha Zapatista."

Outro episódio com a Alice Maria: eu tinha ido a Nova York e comprei na Ralph Lauren uma gravata clássica: *bordeaux*, azul e amarela.

Eu fazia uma entrevista ao vivo e, no intervalo comercial, Alice entra no estúdio com uma tesoura, e corta a minha gravata:

"É pra você nunca mais usá-la. Ela chama mais atenção do que o que diz o entrevistado!"

Voltei do intervalo com outra gravata do figurino da Globo — um horror!

“Quando o Robert fala, ele não acende a luz. Ele acende a treva. É uma lanterna da marca ‘Escuromatic’!”

Elio Gaspari, na revista *Veja*, anos 1970, sobre Robert(o) Civita, dono da Editora Abril.
Foi a última vez em que falou mal de um patrão.

Evandro, freguês de caderno

Com o Sérgio Chapelin, apresentador e uma voz soberba, eu tive uma experiência interessante. A certa altura, quando eu estava no escritório da Globo em Nova York, e já me preparava para ir embora da Globo, vim ao Rio, e o Evandro Carlos de Andrade, que era diretor de jornalismo, tentou me jogar numa armadilha.

Ele fingiu que fazia testes para substituir o Cid Moreira. E quis me submeter a um teste para depois dizer que eu não servia.

(Ele sempre quis — e os testes eram uma dissimulação — que a Lillian Witte Fibe substituísse o Cid. O Boni discordou enfaticamente. O Boni achava a Lillian "antipática, que não 'colava' com o espectador". O Evandro queria subir o "padrão" dos apresentadores. E a Lillian tinha a marca de "jornalista de economia". Evandro insistiu, convenceu os filhos do Roberto Marinho, ganhou, e o Boni conta que esse foi o pingo d'água que o tirou da Globo. O Boni, como se viu, tinha razão... Saiu a Lillian e veio um Cid mais jovem, o William Bonner...)

Eu disse ao Evandro que não queria fazer o teste, não queria ser apresentador. Na verdade, eu sabia que ele jamais me escalaria para ser apresentador.

Até que um dia, nessa passagem rápida, num sábado, ele me escalou e eu tive que fazer o teste de apresentar o *Jornal Nacional.*

Fiz ao lado do Chapelin, e com muita irritação, para que ficasse claro que eu não estava ali para me submeter a teste nenhum. Eu lia as páginas do *script* e jogava no chão. Aí o Chapelin disse: "Não faça isso. Guarde, pois talvez seja necessário você reler alguma notícia lá na frente e não vai ter mais o texto na mão".

Lição que usei mais tarde...

Eu tinha certeza de que jamais seria âncora na Globo.

Quando o Evandro Carlos de Andrade, que dirigia o Globo, foi nomeado diretor de jornalismo da tevê, no lugar do Alberico de Souza Cruz, eu tive certeza de que não tinha futuro na Globo.

Eu e o Evandro tínhamos uma rivalidade insuperável.

Durante anos fui editor-chefe do *Jornal do Brasil,* e ele, do *Globo.*

E todos os dias, modestamente, dava uma surra nele, porque o JB era muito melhor do que *O Globo.*

Ele me odiava também porque, no JB, eu desmascarei a farsa da Proconsult (o que está descrito minuciosamente no livro *A peleja de Brizola contra a fraude eleitoral,* de minha autoria e de Maria Helena Passos). E o que montou a operação para antecipar — de forma fraudulenta, com o apoio da Proconsult — a contagem dos votos e tornar fato consumado a "vitória" de Wellington Moreira Franco foi o jornal, *O Globo,* sob a direção do Evandro, e não a TV Globo, do Armando.

A tevê seguia a "apuração" do *Globo*.

E quem pagou o pato foi o Armando.

Isso tudo o *Jornal do Brasil* descreveu impiedosamente.

E ajudou o Brizola a conseguir a recontagem dos votos.

(Segundo Antonio Carlos Magalhães, segundo Fernando Henrique Cardoso, Wellington não pode ficar no mesmo lugar em que estiver um cofre.)

Então, juntou a fome com a vontade de comer. O Evandro me odiava e eu odiava o Evandro.

Quando me destituiu da função de chefe do escritório de Nova York, me prometeu ser "repórter especial" do *Fantástico*, no Rio.

O que eu já era... em Nova York.

E detonou uma proposta que, antes, eu tinha combinado com o Boni: fazer na GloboNews, no fim da noite, um programa do tipo *Nightline*, da ABC americana, com um excelente âncora, Ted Koppel: debates, pró e contra, sobre o assunto mais relevante do dia.

Evandro boicotou a ideia porque era... do Boni!

Decidi procurar emprego no Brasil.

Eu viajava com as milhas da PanAm na sexta à noite para São Paulo, procurava emprego no sábado e, no domingo à noite, voltava de PanAm para Nova York.

E na segunda estava no trabalho.

Fechei negócio para ser o âncora e editor do *Jornal da Band* e âncora de um programa de debates, à la *Nightline*, aos domingos, o *Fogo Cruzado*.

No momento em que eu recebi, no fax do meu advogado em Nova York, a cópia assinada do meu contrato com a Band, de dez páginas, com Johnny Saad e seu diretor José Roberto Maluf, eu redigi uma carta e, a pé, fui até ao prédio da Globo.

Pedi à minha ex-secretária para descer e entregar ao Jorge Pontual, meu sucessor: "Entregue para ele para entregar ao Evandro".

A carta dizia, de forma elegante, que desejava que ele conseguisse o objetivo que se impunha: fazer um *Jornal Nacional* tão imparcial quanto *O Globo.*

Quá, quá, quá!

Que eu saiba, eu sou o único jornalista que saiu da Globo porque quis.

Atribui-se a Luis Erlanger, que trabalhou com Evandro no e na Globo, julgamento definitivo: "O Evandro passou seis anos na Globo e não aprendeu nada".

“Eu sou papista.”

Evandro Carlos de Andrade, para garantir o posto de editor-chefe do jornal do Roberto Marinho, segundo o depoimento de Paulo Nogueira, que trabalhou nas “organizações” Globo.

Se quiser, tem dólar também

Outra história é sobre quem, de fato, fazia o *Jornal Nacional.*

Era o assistente de estúdio, o Assis. Sem o Assis, por exemplo, o Cid Moreira seria um perdido na floresta de luzes e fios.

É que o Assis dirigia o Cid Moreira, no estúdio: para que câmera ler, quando ler.

E foi o Assis quem alertou o Armando Nogueira sobre o Cid ir trabalhar de bermudas. Como os apresentadores são enquadrados da cintura para cima, o Cid achou que podia ir trabalhar com as bermudas que usava depois de jogar tênis.

O Assis achou esquisito, e o Armando proibiu o Cid de ir trabalhar de bermudas.

O Cid passou a usar calças de algodão largas, sem cinto, e sandálias.

O Assis tinha uma peculiaridade. Ele chegava ao *Jornal Nacional* por volta das 18h. De dia, era vendedor de carros usados e nos aporrinhava tentando vender carros geralmente de péssima qualidade.

Ele disputava o espaço na redação, antes do JN, com um contrabandista que vendia vinho francês e champanhe — Veuve Clicquot — em garrafinhas.

Se preciso fosse, vendia dólares também.

E o telefone de moças que aspiravam ao estrelato.

Manual inútil do cinegrafista

1. Não fazer *pan*:

    a) Só quando for preciso dar ideia da distância entre o ponto *a* e o ponto *b*. A *pan* torna a matéria mais lenta. E fica feio cortar o movimento antes que chegue ao fim. Também não fazer *zoom in* nem *zoom out*. Fazem com que a matéria fique lenta e fica feio cortar o movimento antes do fim. Ao fim chega a paciência do espectador quando o movimento acaba;

2. O entrevistado deve olhar para o entrevistador;
3. É preferível usar o microfone sem fio;

    a) Quando usar o microfone com fio, evitar filmar o fio. Evitar filmar o malabarismo do repórter com o fio à la Glória Maria;

4. Não filmar pergunta em contraplano depois da entrevista. É falso;
5. Filmar imagens de corte: plano aberto da entrevista, contraplano do repórter. Não fazer detalhe de mão, câmeras ou caderno de notas como imagens de corte.

6. No contraplano do repórter para imagem de corte, só interessa o vídeo. E o repórter tem que estar sério, sem balançar a cabeça — ele não pode discordar ou concordar;
7. Quando o repórter precisar descrever o local, o ambiente, o clima de uma entrevista, fazer detalhes: placa da rua, entrada da casa, plano aberto do local da entrevista (a biblioteca, o laboratório, a cozinha etc.);
8. Filmar o entrevistado na rotina de trabalho: no computador, lendo, dando aula, jogando futebol, representando, fazendo discurso. Ou andando ao lado do repórter. Essas imagens podem ser usadas no *off* de apresentação do entrevistado;
9. Imagens de reunião, coletivas, encontros, seminários — ou seja, um monte de gente em volta de uma mesa — *nunca* usar (especialmente de Brasília);
10. Enquadramento do repórter:

    a) Começar com um plano médio, com o repórter mais para o lado oposto ao da imagem, prédio ou situação que contenha uma informação ou o situe na matéria;
    b) O repórter não deve ficar de frente, chapado contra a câmera, mas levemente de lado;
    c) No encerramento, na frase final e na assinatura, fechar em *close*;

d) Não filmar contra janela aberta ou parede branca. Compor o ambiente para a filmagem;
e) Não sair da emissora sem kit de luz e tripé. E escada;

11. *Iluminar*!;
12. O áudio da câmera é só para captar o som ambiente. Não serve para sonora.
13. Em entrevistas mais longas, não filmar num só plano do início ao fim. Fechar e abrir para facilitar a edição (mas tomar cuidado: não é bom ter a sonora mais forte no meio de um movimento);
14. É indispensável captar o áudio ambiente da rua, da buzina, de gente falando perto;
15. Evitar mostrar cubo de microfone arranhado, esponja do microfone velha.

“Tudo o que o Robert(o) Civita tentou fazer diferente daquilo que herdou do pai, Victor Civita, deu errado.”

Do autor

Burrice que agredia o espectador

O Eliakim Araújo foi, durante muito tempo, um dos maiores apresentadores brasileiros do rádio. Na rádio *Jornal do Brasil*, uma voz magnífica.

Como foi um homem inteligente, bem informado, além de apresentador, tornou-se analista, um comentarista e, nessa condição, contratado pela Globo para ser o apresentador do *Jornal da Globo*.

Colocaram ao lado dele a Leilane Neubarth, que tinha duas vantagens: era loura e alta em um país de maioria negra e tampinha.

Foi uma batalha campal, pois o Eliakim se considerava desprestigiado, ao lado dela.

Para ele, Leilane exibia uma burrice que agredia o espectador.

Eles só faltavam se esmurrar no ar.

A certa altura, ele conseguiu tirar a Leilane e colocou a Leila Cordeiro, que se tornou a sua mulher. E foram morar em Miami, onde ele morreu.

"Lá em casa tem um quarto só para eu guardar meus sapatos."

Cláudia Cruz, mulher de Eduardo Cunha, então presidente da Câmara dos Deputados.
Eu e Cláudia trabalhamos num jornal da Record, no fim da noite.
Ela era a apresentadora, e eu tinha uma seção de economia.
Cunha era presidente da Telerj, apaixonou-se pela voz dela, que apresentava um jornal na Globo, e a contratou para gravar as mensagens institucionais da Telefônica.
E foram felizes para sempre.

Madonna faz xixi no banho?

A Madonna morava em um prédio magnífico, a um quarteirão do Central Park West, uma zona nobre de Manhattan.

Ela descia o elevador, sem segurança, corria e andava de bicicleta no Central Park. Um dia, cruzou com um ciclista sarado, moreno, bonitão, e resolveu comer o ciclista.

Acabou casando com ele, um *personal trainer* de origem cubana.

Tiveram uma filha, Lourdes Maria, e, por causa dessa paixão arrebatadora, gravou um CD com músicas latinas.

Para promovê-lo, ela se submeteu a entrevistas de jornalistas da América Latina. E eu fui designado pela Globo, pois o *Fantástico* exibiria um videoclipe do CD, com exclusividade.

Pouco antes, ela deu uma entrevista ao David Letterman, que o Jô Soares inutilmente tenta imitar.

Ao chegar ao programa, nos cumprimentos, ela deixou na mão dele uma calcinha branca. Letterman tomou um susto, ou fingiu tomar um susto, e ela perguntou:

— David, você faz xixi quando toma banho?

O Letterman se encabulou e ela disse:

— Eu faço xixi no banho porque é bom para evitar frieira, pé de atleta.[1]

Aí, fui entrevistar a Madonna. Não levei uma cueca branca, evidentemente.

Comecei a fazer perguntas sobre a vida sexual dela. Ela, numa boa, disse: "Puxa, a que eu tenho que me submeter para ganhar a vida!".

E eu disse a mesma coisa.

No meio da entrevista, eu perguntei se ela fazia xixi quando tomava banho.

Ela repetiu o que tinha dito ao Letterman: "Sim!".

No fim, gravei uma chamada para o *Jornal Nacional* de sábado promover a entrevista para o *Fantástico*, no domingo. Ela ficava em quadro, e eu dizia:

"Tudo o que você sempre quis saber sobre a vida sexual da Madonna!"

Ela se virou para mim e disse: "Não entendi nada, mas acho que você falou o meu nome e alguma coisa com 'sexo'!".

Eu respondi, "não, você não entendeu nada...".

Não tenho certeza se o *Jornal Nacional* exibiu a chamada.

Em cima da hora, liguei para a redação do *Jornal Nacional*, avisei que tinha feito a chamada, e um colega — prefiro não revelar o nome —, de respeitável reputação na imprensa escrita, mas um desastre na te-

---

1. Transcrição da entrevista para David Letterman. Acessível em: http://goo.gl/hvOUg9.

"Eu acho que você falou da minha vida sexual."

levisão, chefe do plantão naquele sábado, respondeu: "Vamos pensar, consultar as pessoas apropriadas etc. etc."...

Na verdade, com o espelho retrovisor, acho que eu não faria aquela entrevista de novo.

Com aquelas perguntas...

Mas, eu estava no fim da minha temporada na Globo e em Nova York.

A entrevista — coitada da Madonna — foi uma forma de chutar o balde: "Se quiserem, é assim!".

Eu tinha mais o que fazer além de entrevistar a Madonna sobre um CD que se tornou um fracasso retumbante![2]

---

2. Em tempo: ela admite na entrevista que gosta de homens latinos. E ainda não tinha conhecido o Jesus Luz. Vídeo da entre-

Por vingança contra a minha má vontade, esse talvez seja um dos trabalhos para a Globo de que as pessoas mais se lembram.

---

vista no *Fantástico* acessível em: http://goo.gl/kWfm4v. Transcrição acessível em: http://goo.gl/DjYog7.

Ebola, Bial e o filho do motorista

Eu acertei com os editores do Rio que ia cobrir a epidemia do vírus ebola na África em 1995. Para isso, contei com a desistência do Pedro Bial, que era o chefe do escritório em Londres e, a rigor, quem deveria ir para a África. Londres fica mais perto do Congo que Nova York...

Mas o Bial preferiu ceder a oportunidade, talvez para se preparar para a tarefa de ancorar o programa jornalístico conhecido como *Big Brother Brasil.*

O então diretor de jornalismo da Globo, Alberico de Souza Cruz, viu uma foto de cadáveres na capa do *Globo* empilhados num caminhão, e topou financiar a cobertura.

Recebi a ordem do Rio, corri em casa para fazer a mala.

A minha ex-mulher estava deitada de bruços, numa mesa de massagem, quando entrei no quarto e disse: "Estou a caminho do aeroporto. Vou para a África cobrir o ebola".

Ela não pôde reagir...

Seguimos eu, o cinegrafista Paulo Zero e o produtor David Presas.

Fomos para a capital do antigo Zaire, hoje República Democrática do Congo, Kinshasa.

Ficamos no Hotel Intercontinental de Kinshasa, onde, logo na primeira noite, eu vivi uma experiência interessante. Nós estávamos no 14° andar e o elevador parou no 12°. Apagaram-se as luzes do hotel, eu fiquei impaciente e comecei a esmurrar a porta do elevador. E ouvia lá de baixo um funcionário que gritava para me acalmar: "*Patientez-vous, monsieur*", "paciência, senhor". Eu estava sozinho no elevador.

E lá fiquei, paciente, por meia hora.

Bem-vindo ao Zaire!

Depois, fomos tratar de ir a Kikwit, o centro da epidemia. Um funcionário da embaixada brasileira em Kinshasa nos disse que não havia como chegar a Kikwit por conta do bloqueio do governo local e da Organização Mundial da Saúde. Ninguém mais podia entrar na região. Uma aventura absoluta!

Aí, conseguimos um contato com o vice-ministro da Saúde do Zaire. O cavalheiro foi nos visitar no hotel.

Era noite. David, o produtor, levou-o para o jardim, para um banco embaixo de uma árvore, e deu 500 dólares em dinheiro do dr. Roberto Marinho ao vice-ministro.

E recebemos um *laissez-passer* (uma espécie de passaporte que "deixa passar").

Durante os quatro dias em que estivemos em Kinshasa, éramos acompanhados por um motorista que também servia à embaixada brasileira.

Muito simpático, eficiente, uma espécie de produtor local. Embora tivesse um problema insuperável:

"Não foi uma irresponsabilidade. Epidemia do ebola, na África."

por volta da hora do almoço, ele nos abandonava, estivéssemos onde estivéssemos, para levar o filho à escola.

Conseguimos contratar um Piper, um monomotor, com um piloto belga que teve a coragem de nos levar de Kinshasa a Kikwit, uma distância de 500 km.

(O Congo foi uma propriedade pessoal do rei Leopoldo I, da Bélgica, que tentou uma eugenia racial, com a liquidação da etnia hutu e a prevalência da etnia tutsi, mais alongada, de nariz fino.)

No aeroporto, ainda em Kinshasa, recebemos a companhia de dois jornalistas, jovens americanos, um rapaz e uma moça, *freelancers*, que dividiram as despesas do aluguel do avião.

Desembarcamos em Kikwit, mostramos o *laissez-passer* e, ao ver o hospital improvisado e as macas que transportavam os cadáveres, os americanos preferiram não sair do avião.

Seguimos eu, o David e o Paulo Zero. Gravamos tudo. Em três, quatro horas, estava tudo filmado.

Chegamos a acompanhar um enterro num cemitério ali perto do hospital.

(Não foi nenhum heroísmo inútil. A epidemia estava controlada e nós seguimos todas as exigências de segurança impostas pelas autoridades sanitárias.)

No retorno, eu disse ao piloto que queria voltar para Kinshasa pelo caminho inverso ao daquele helicóptero do *Apocalipse Now* no Rio Congo.

E foi uma viagem inesquecível. Era assim, entre 16 e 17 h, o sol em cima do Rio Congo, e eu na companhia do Marlon Brando e do Francis Ford Coppola.

E Richard Wagner!

Descemos em Kinshasa, reportagem no bolso, e estava na hora de voltar para Nova York e exibir a reportagem no *Fantástico.*

No hotel, fomos ao *concierge* confirmar o voo de volta.

Nós escalaríamos na África do Sul, em Cape Town e, de lá, direto para Nova York.

Tínhamos reserva para viajar de Kinshasa a Cape Town pela Congo Air.

Pedimos ao *concierge* para confirmar a reserva, e ele... caiu na gargalhada!

A Congo Air não existia mais.

Ela tinha três aviões que tinham sido confiscados pelos credores.

Como sair do Zaire, em plena crise do ebola?

Fomos para o aeroporto com o nosso eficientíssimo motorista.

O único voo que ainda poderia sair de lá era da Sabena, companhia belga.

Só que era um voo de Kinshasa para Bruxelas.

Como era o único, estava ótimo!

Quando nos apresentamos para comprar as passagens, o funcionário da companhia viu aquela parafernália de equipamentos de televisão e disse que não podia vender passagens a quem tivesse ido a Kikwit para cobrir o ebola. Ele tinha ordens expressas da companhia e da Organização Mundial de Saúde.

Com meu francês compreensível, disse que havíamos tentado ir a Kikwit, mas não conseguimos por conta de um bloqueio da própria OMS.

Na discussão, nós, aflitíssimos — já imaginou ficar em Kinshasa? —, o motorista percebeu a nossa angústia, se apresentou ao funcionário e deu o seu testemunho pessoal:

"Eu sou fulano de tal, aqui está a minha carteira profissional, sirvo à Embaixada Brasileira, estive com esses cavalheiros o tempo todo nesses quatro dias, por indicação da própria embaixada. Eu os trouxe ao aeroporto várias vezes, mas eles não conseguiram embarcar para Kikwit."

O funcionário se convenceu — ainda não sei se por conta do eficiente motorista ou do monte de dólares, *cash*, que o David jogou na frente dele.

A caminho da "sala" de embarque, chamei o motorista, coloquei 100 dólares na mão dele e disse: "Isso

Com Paulo Zero, no Zaire.

é para o filho que você leva para a escola todo dia na hora do almoço".

Ele se virou para mim e disse: "*Monsieur, il ya un autre!*". "Tenho um outro filho".

Peguei mais 100 dólares — do dr. Roberto — e dei a ele.

Que o David, na prestação de contas, deve ter incluído na rubrica "despesas de produção".

Assim como o suborno.

Em tempo: a reportagem foi editada em Londres e gerada para o Rio, no prazo!

Como poupar o Cid

Cid Moreira foi uma das vozes mais bonitas do Brasil. Ele veio do rádio e, segundo Armando Nogueira, houve três vozes incomparáveis que vieram do rádio para a televisão: Heron Domingues, Sérgio Chapelin e o Cid.

O Cid era um locutor. Nunca teve a pretensão de elaborar ou entender aquilo que lesse. Nunca pretendeu ser um âncora à moda americana.

Em algumas circunstâncias, ele conferia à leitura uma certa dramaticidade, uma entonação especial para acentuar o que lia.

O Celso Freitas conta que, certa vez, os dois casais foram jantar depois do *Jornal Nacional*, e o Celso comentou sobre o terrível episódio de um desastre ferroviário na Índia. O Cid se virou para o Celso e perguntou: "Mas, como é que você soube disso?".

"Cid, você acabou de ler no *Jornal Nacional*."

O Armando Nogueira me contou que contratou o Celso Freitas quando, numa cerimônia num quartel, ouviu um soldado raso ler a ordem do dia. Teve um estalo e levou o Celso para a Globo. Armando achou que ele tinha uma voz grave, forte, de "ordem do dia", que agradaria os militares.

O Celso e o Cid passaram a dividir a bancada do *Jornal Nacional*.

E, quando era preciso dar uma notícia em defesa do regime militar, o Armando distribuía a leitura das cabeças de tal forma que o Celso lesse o que era de "interesse dos militares". Para poupar o Cid, o principal apresentador, o patrimônio da casa.

Tanto que o Cid só saiu de lá quando não dava mais... e o Celso foi tocar a vida, fora da Globo, bem mais cedo. E por muito tempo apresentou o *Jornal da Record* que, teoricamente, competia com o *Nacional*.

O Cid era tão importante que foi quem leu o editorial que o Brizola, na Justiça, obrigou o *Jornal Nacional* a exibir.

"Quando a televisão é boa, nada melhor que a televisão. Quando a televisão é ruim, nada é pior do que ela."

Newton Minow, presidente da "Anatel" americana, indicado pelo presidente Kennedy.

Galvão é guloso

As Olimpíadas de Atlanta, de julho de 1996, foram as piores dos tempos modernos.

O governo Clinton decidiu que não ia botar um tostão, entregou à iniciativa privada — à Coca-Cola, cuja sede era em Atlanta —, e foi uma monumental desorganização.

Como sempre, a Globo tinha o monopólio da cobertura.

E ficou estabelecido que o chefe da cobertura seria o Luizinho Nascimento, que dirigia — e bem! — o *Fantástico.*

Luizinho fazia parte de uma brilhante geração de jornalistas de televisão, que veio do Esporte da Globo, sob a direção de Hedyl Valle Jr. — o profissional que, acredito, mais entendia de televisão, depois do Boni.

Na equipe, também, o Toninho Boca-Suja, que depois reencontrei, com alegria, na Record.

(Um domingo, Hedyl era o chefe do plantão de fechamento do *Fantástico.* Toca o telefone. É o Boni:

"Você viu essa merda que você acabou de botar no ar?"

"Não vi, não, Boni. Eu sou pago para botar no ar. Para ver é mais caro...")

Depois, Hedyl, Luizinho, Toninho e eu fomos trabalhar no *Fantástico*, eu em Nova York.

Um dia, antes da Copa dos Estados Unidos, Hedyl sugeriu que eu comprasse uma bola de futebol, saísse pelas ruas de Nova York e perguntasse "pra que serve isso aqui?".

O futebol não existia nos Estados Unidos.

O Pelé no Cosmos era tão longínquo quanto o Joe Louis.

Foi muito engraçado.

As reações eram as mais extravagantes.

Até que, no Central Park, um jovem pega a bola, faz mil e uma embaixadas, mata no peito, equilibra na testa, no calcanhar...

"Onde é que você aprendeu isso?"

"Yo soy argentino!"

Hedyl morreu num AVC, Luizinho assumiu o *Fantástico* e me escalou para ancorar as Olimpíadas, ao lado da Fátima Bernardes (que passava metade do tempo no telefone com o marido, então, o William Bonner, a perguntar se esteve bem no bloco anterior...).

O diretor de jornalismo da Globo, Evandro Carlos de Andrade, engoliu minha escalação em seco.

Ele não gostava de mim — era recíproco —, mas também não gostava da alternativa, o Galvão Bueno.

De minha parte, eu já estava na prorrogação, à procura de emprego.

Tanto que, em novembro, fui embora da Globo.

Eu não me sentia confortável ali.

Houve o atentado do voo 800 da TWA, que ia do aeroporto Kennedy para Roma e um dos motores explodiu na costa de Nova York.

Pedi para ser deslocado para minha base, Nova York, e ficar por lá, por conta da tragédia: 230 mortes.

Não deixaram.

Até que houve um atentado em Atlanta.

Um alucinado matou duas pessoas — de início se imaginou que eram mais — e me avisaram de madrugada no hotel.

Corri para a base a Globo no *press center*, e começamos a entrar ao vivo desde o *Bom Dia Brasil*.

A certa altura, quando a cobertura era ainda mais nebulosa — não se sabia a extensão do crime — aparece o Galvão Bueno no estúdio.

"É comigo mesmo!", ele disse.

Como se tornou um tema de relevância, ele queria ancorar a cobertura.

Reagi de uma forma natural: não levantei da cadeira de âncora.

Ele se debatia no telefone com o Rio.

E eu ali, sentado.

Até que o Luizinho acalmou o ego dele — imagino — e ele foi tomar café.

Galvão é guloso!

“Não, Tancredo, quem tem que anunciar é você! Não podemos diminuir Antonio Carlos.”

Resposta de Roberto Marinho à proposta de Tancredo Neves, diante de ACM, para que o próprio Roberto Marinho anunciasse que ACM ia ser seu (dele, RM) ministro das Comunicacões.

Quem matou Paulo Francis

Faz parte do repertório das lendas urbanas cultivadas pelo que chamo de PIG — Partido da imprensa Golpista — que Paulo Francis já tinha denunciado a roubalheira da Petrobras, a que, depois, apareceu na operação Lava Jato.

E que a Petrobras matou o Paulo Francis com um infarto, ao processá-lo em Nova York.

Elio Gaspari foi quem apresentou o "informante" ao Francis.

E foi Elio Gaspari — talvez arrependido — quem espalhou que a Petrobras tinha matado o Francis.

O livro *O quarto poder* tem suculento capítulo sobre Paulo Francis, a quem trata de "o trombone da Província".

Ali se descreve uma parte da trajetória desse trotskista que foi parar na extrema-direita, caminho percorrido por outros da mesma origem.

Eu fui lançar *O quarto poder* na excelente Feira do Livro de Porto Alegre.

E tive o prazer de reencontrar o colega da Globo em Nova York, Regis Nestrovski, doce coração instalado em diligente produtor.

Regis era o banqueiro que o Francis dizia ter encontrado: "Estive com um ban-quei-ro".

Era o Regis ou o Pimenta Neves, aquele que matou a namorada com um tiro pelas costas e, então, trabalhava como sub-do-sub no departamento de imprensa do Banco Mundial (um banco não comercial, como se sabe).

Eram os "banqueiros" do Francis.

O Brasil negociava a dívida externa, e Regis tinha que ir a todas as reuniões do comitê dos bancos credores em Nova York.

(*O quarto poder* revela também o que os credores americanos achavam dos filhos do Roberto Marinho, quando recorreram à banca de Nova York, depois de quebrar: "São uns idiotas"...)

Eram reuniões tediosas, mas, a qualquer momento, podia sair um acordo e o Regis avisaria à redação e lá ia um repórter para "fechar" a matéria para o *Jornal Nacional.*

Em geral, o Regis voltava à redação desanimado, passava as informações oralmente, e aquilo não dava em nada.

Mas, o Francis se apropriava do trabalho do Regis, via oral, e berrava no *Jornal da Globo* e nos outros trombones de Província: a *Folha*, o Estadão e *O Globo*, onde depositava sua coluna: "Estive com um ban-quei-ro"!

Em Porto Alegre, Regis me contou — ele era amigo íntimo do Francis — que conversou longamente com o Francis, por telefone, pouco antes de Francis morrer fulminado por um infarto.

Francis estava de voz baixa, deprimido, derrotado e magoado.

Contou que ia gastar a poupança de uma vida inteira para pagar os advogados americanos.

No programa *Manhattan Connection*, onde ainda parece reencarnar periodicamente, Francis acusou diretores da Petrobras no governo FHC de receberem propina.

O informante do Francis — que eu, o Lucas Mendes e o Elio Gaspari sabemos quem é — não tem a menor credibilidade.

Segundo Regis, o Francis tinha plena consciência de que seria condenado, porque não podia provar o que disse.

Os diretores da Petrobras, espertamente, processaram o Francis em Nova York, já que ele morava lá e o programa foi gravado lá.

Bingo!

No Brasil, não adiantava processar o Francis, ele era do PiG e, portanto, estava blindado.

Mas, não foi isso o que matou o Francis.

O que desmente a tese do Gaspari.

Gaspari escreveu fluvial biografia autorizada do Golbery para provar duas teses:

"Golbery e Geisel, 'o feiticeiro e o paspalhão', são os pais fundadores da democracia brasileira; Jango caiu porque gostava de pernas: de coristas e de cavalos."

Depois, construiu essa outra: "A Petrobras matou Francis do coração"!

O processo na Justiça americana provocou o infarto, sustentou o historialista — não é historiador nem jornalista, porque é articulista.

Regis tem outra explicação, muito mais razoável.

Que Francis expressou nesse último telefonema.

Ninguém mais defendeu o Fernando Henrique que o Francis — segundo o Francis.

Antes mesmo de ser eleito presidente.

Quando veio o processo da Petrobras, Francis fez chegar a notícia a Fernando Henrique, com a certeza de que ele mandaria o então presidente da Petrobras, Joel Rennó, fazer os diretores da Petrobras desistirem da ação.

(Rennó também é personagem — subalterno, como sempre — de *O quarto poder*.)

Era a única, derradeira esperança do Francis.

Regis ouviu de Francis que o FHC não moveu uma única palha para defendê-lo.

Francis estava disposto a se retratar, admitir que tinha sido irresponsável — o que ele jamais tinha feito antes, em sua carreira de demolidor de caráter.

Esperou o gesto do FHC, esperou, e nada!

Até a morte!

A mulher de Francis recebeu durante o velório um telefonema de Fernando Henrique, mas, segundo Regis, se recusou a falar com o presidente.

O tema não aparece em suas biografias autorizadas, autobiografias e outros exercícios de deslavado narcisismo.

O infarto do Francis é uma das omissões mais conspícuas.

"Dilma, com toda a franqueza, você acredita mesmo em democracia?"

Vladimir Putin à presidenta Dilma, segundo testemunha da conversa no Kremlin. O que não tem nada a ver com esse livro, mas é muito interessante. Depois do impeachment golpista, Putin falou com Dilma por telefone e disse que estava à disposição para o que fosse preciso. Não deu maiores detalhes do que poderia fazer... Ou ela preferiu não revelar... porque acredita em democracia.

Manual inútil do editor de imagem

1. O ritmo é tudo. Matérias curtas, rápidas, ágeis;
    a) Não usar *pan* (só quando o *off* falar da distância entre o ponto "a" e o "b");
    b) Não usar *take* longo;
    c) Não deixar uma mesma cara no ar por muito tempo;
    d) Entrevista longa deve ser coberta com imagens do assunto. Preservar ao vivo as declarações importantes;
    e) Sonora dentro da matéria deve ter entre 5" e 7";
2. Evitar imagens subjetivas, gente que anda na rua, coisa que não signifique nada;
3. Não usar imagem de reunião, de um monte de gente sentada em torno de uma mesa;
4. Quando o *off* falar em cachorro, mostrar o cachorro. Quando mostrar o cachorro, o *off* logo em seguida tem que falar no cachorro;
    a) Casar vídeo e imagem;
5. Editar com o áudio ambiente;
6. Evitar *flashes* para cortar sonora. Prefira imagens de corte;

7. Cuidado com a montagem do esqueleto da matéria. O áudio e o vídeo não devem ser escravos do esqueleto. Sempre que houver uma imagem bonita ou um sobe-som importante, o esqueleto deve ser aberto;
8. Não abrir matéria com *stand up*;
9. Quando houver pausa na narração, a imagem tem que mudar — mantém o ritmo e ajuda o espectador a acompanhar o texto;
10. Em nota coberta, além de manter o som natural, abrir o *off* e deixar subir o som, para a matéria "respirar";
11. Não deixe o repórter tomar conta da reportagem e aparecer mais que o assunto em pauta ou que o entrevistado. Se ele ou ela, depois, reclamar, explique que o narcisismo deve ser encaminhado ao Instagram.

“São Paulo, diferente do Brasil, tem burguesia e proletariado.”

Texto lido por Juca de Oliveira para um especial da TV Manchete, em 1985, sobre o aniversário de São Paulo, escrito e dirigido pelo autor. A “passagem” foi gravada em frente à mansão dos Matarazzo, que existia na Avenida Paulista.

A Gaiola das Loucas

Ricardo Amaral, o empresário que governou a noite do Rio enquanto esteve associado à Globo, e Zózimo Barrozo do Amaral tinham apartamento num mesmo prédio em Miami.

Fui colega de Zózimo no *Jornal do Brasil* e, da Globo de Nova York, eu lhe mandava umas "notas" quando ele foi para *O Globo.*

O álcool e o cigarro detonaram a saúde do Zózimo. Fui visitá-lo em Miami e o Amaral já estava lá.

Quem deu a ideia foi o Amaral: uma reportagem para o *Fantástico* sobre a transferência da capital gay da América de San Francisco para Miami — mais exatamente para South Beach.

O *Fantástico* comprou a ideia e lá fui eu com Paulo Zero.

Para começar, nos hospedamos no Hotel Delano South Beach — desenhado pelo arquiteto Philippe Starck —, que tinha uma particularidade: ao mergulhar na piscina, você passava a ser acompanhado por uma peça orquestral de Mozart.

Fui a todos os clubes LGBT — que não eram assim chamados, então — e entrevistei um *stripper* brasileiro (depois personagem de um *reality show* no Brasil) sobre um tema que ele próprio suscitou: os jovens que dançavam ininterruptamente, quatro, cinco, seis horas seguidas, em frente a ele, sem repouso.

Como se explica isso? Foi a primeira vez que ouvi falar de ecstasy.

Escolhemos um belíssimo fim de tarde ainda com sol para filmar a South Beach, num *travelling*.

Paulo Zero colocou a câmera num ombro, segurou-se, em pé, na porta da van em movimento, ainda que suave, e eu me apoiava na outra porta e segurava o Paulo para lhe dar estabilidade.

De repente, sai de um bar feericamente iluminado, vestido numa sumária tanga, sarado, bronzeado, molhado da praia, um jovem, com um copo de champanhe na mão, e grita: "Paulo Henriiique!".

Descemos e o entrevistamos sobre o tema proposto pelo Amaral: por que Miami e aquela orla belíssima, a South Beach?

Acontece que o entrevistado era renomado médico do Rio de Janeiro que não tinha saído do armário.

O pai assistiu à reportagem e teve um infarto.

E o filho processou a Globo.

Lá fui eu para a audiência com o eficiente advogado da Globo, o Luiz de Camargo Aranha Neto.

Uma juíza carrancuda me pergunta:

"Mas, por que o senhor o considerou adequado para entrevistar numa reportagem sobre *homosse*xuais em Miami?"

"Por causa do bar em que ele estava, Excelência."

"Mas, o que tinha o bar de especial?"

"O nome do bar, Excelência."

"Qual o nome do bar?"

"Gaiola das Loucas, Excelência."

"Muito obrigado. O senhor está dispensado."

Anos mais tarde, o Aranha me contou que ganhou a causa.

Em tempo: Ricardo Amaral iniciava sua gloriosa carreira de "rei da noite" do Rio, mas ainda era um paulista em busca da glória carioca. Até que, por minha iniciativa, frequentador do seu Hippopotamus, sugeri ao diretor da *Veja*, Mino Carta, fazer uma capa com o jovem empreendedor. Ele devia ter seus 30 anos. Eu, menos. Eu era editor de economia e negócios da revista. E assim foi feito. E "Amaralzinho" foi capa de uma revista de alcance nacional, até então séria. Essa inesquecível circunstância ele jamais mencionou em suas inúmeras biografias, autorizadas ou não. Deve ser medo do Mino...

"Não, mas isso eu tirei na segunda edição."

Fernando Henrique Cardoso, em entrevista a Mino Carta. Eleito, FHC não tinha tomado posse do primeiro mandato. Mino observou que no prefácio de seu livro sobre a escravidão no Brasil meridional, ele disse que tinha usado o método marxista de análise da realidade. O historiador Raymundo Faoro sustentava que o livro era de fato um embuste: não houve escravidão no Rio Grande do Sul.

As três Marilyn

Nos trinta anos da morte de Marilyn Monroe — 1992 —, fiz reportagem para o *Fantástico*, que considero um dos meus melhores trabalhos para televisão.

Sobre as três Marilyn.

Localizei a jovem que, todo ano, ganhava, em Las Vegas, o concurso "a mais parecida com Marilyn Monroe".

E, em Los Angeles, a dublê da Marilyn.

Pouco antes de se matar, Marilyn já não conseguia decorar direito suas falas, chegava tarde às gravações e o diretor adiantava as filmagens com a dublê.

Portanto, era a mulher mais parecida com a Marilyn, viva.

Com as duas contei a história da Marilyn (I), inclusive sua aventura com o presidente Kennedy, que foi visitá-la no chiquérrimo hotel Carlyle, na Madison Avenue, em Nova York. E onde também se hospedava Roberto Irineu, um dos filhos de Roberto Marinho.

Diz a lenda que foi nesse encontro que Marilyn revelou que, para dormir, só usava o perfume Chanel n. 5.

Houve uma breve e melancólica cerimônia no cemitério de Los Angeles em que ela está enterrada.

Estava lá a dublê, uma velhinha muito simpática.

E, pela primeira vez, vi em operação uma *steadycam*, a câmera colada ao corpo do cinegrafista: ele anda à vontade, a câmera não balança e a imagem não treme.

Foi a que um cinegrafista da tevê americana usou para se aproximar do espaço em que Marilyn (I) jaz — com Chanel n. 5.

"Não quero preto nem desdentado no *Jornal Nacional*."

Ordem de Roberto Marinho a seu diretor de jornalismo, Armando Nogueira.
No *Jornal do Brasil*, de M. F. do Nascimento Brito, o único negro que podia aparecer na capa do jornal era o Pelé.
Nascimento Brito se referia a Roberto Marinho como "o crioulo".
Segundo biografia autorizada de Pedro Bial, Marinho passava pó de arroz no rosto para "embranquecer".

O Boni é, antes de tudo, um publicitário

O importante é que a televisão aberta — que tem a concessão de usar o espectro, que é um bem público — tenha consciência de sua responsabilidade social, que se preocupe sempre em elevar o nível de suas atrações e não insista em sublocar espaços, o que é ilegal. E que, além do entretenimento, informe e preste serviços à comunidade, à nação. Assim, com certeza, a TV aberta ainda terá pela frente um longo futuro.[1]

Durante algum tempo, quando era correspondente em Nova York, convivi com o Boni.[2]

Ele estava no fim do caminho de 31 anos na Globo, perseguido pelo Roberto Irineu, o filho mais velho do Roberto Marinho, e sua agente exterminadora, a Marluce Dias da Silva, que o Boni não cita no livro:

A minha saída, em 1998, se deu porque novas pessoas entraram na Globo e o baixo grau de conhecimento delas em relação a televisão era assustador... Não dava para conviver com elas. Era infarto na certa.

---

1. Assim, na p. 459, chega ao fim *O livro do Boni*, Rio de Janeiro: Casa da Palavra, 2011.

2. Este texto apresenta trechos da crítica ao livro do Boni publicada no *Conversa Afiada*. Acessível em: http://goo.gl/sGrFod.

Roberto Irineu rompeu com o Boni, porque o Boni disse ao pai que a Tele Montercarlo, do Roberto Irineu, ia dar com os burros n'água.

E deu.

O Berlusconi comeu o Roberto Irineu com farofa.

O Boni passou a ir mais a Nova York e convidava a mim e ao Paulo Francis para almoçar no Sparks, um restaurante de carnes excepcional.

Um dia, eu; no outro, o Francis.

Porque o Boni sabia que eu detestava o Francis (devia ser recíproco).

(Aliás, o Boni conta no livro que o Roberto Marinho aceitou contratar o Francis só porque o Boni assegurou que as ideias do Francis tinham mudado. O Francis, que foi trotskista, é o patrono dos colunistas militantes da direita.)

Nessas conversas — eu só comia peixe —, aprendi muito com o Boni.

E ouvi histórias do arco da velha — nada como um Vega Sicilia...[3] Assim como a conversa que tive com o Armando Nogueira, na véspera de ser defenestrado pelo dr. Roberto.

O dr. Roberto entregou a cadeira ao Alberico de Souza Cruz, que comandou a célebre edição do *Jornal Nacional* para dar a vitória ao Collor, contra o Lula.

O Boni não conta essa história direito.

---

3. Essas histórias foram devidamente recontadas em *O quarto poder: uma outra história.*

Nem a da Proconsult ou da campanha das Diretas, porque ele, na verdade, não metia a mão na massa no jornalismo.

Ele cuidava da qualidade, do padrão Boni de qualidade, também no jornalismo.

Mas do conteúdo, não.

Nunca soube de o Boni "pedir" ou "mandar" no noticiário da Globo.

O livro do Boni não é só importante para quem gosta de televisão, para quem é profissional de televisão. O que mais me interessou no livro do Boni foi entender a cabeça do Boni — ou seja, como foi concebida a televisão comercial, aberta, no Brasil.

E cheguei a uma conclusão.

Boni começou a vida como publicitário, e é até hoje.

Ele entendeu que a televisão aberta numa sociedade capitalista é um veículo de publicidade.

Até aí, morreu o Neves, diria minha santa mãe.

O publicitário Boni levou para a televisão os pontos cardeais da linguagem publicitária.

Do comercial de televisão, arte que o Brasil domina como poucos.

A obsessiva e saudável preocupação com a forma, com a qualidade.

A televisão do Boni tinha que ser o ambiente mais amigável, mais adequado para abrigar o comercial de televisão

O Boni não podia permitir que um comercial do Duailibi ou do Washington entrasse no meio de uma tevê brega, suja, sem áudio, sem iluminação.

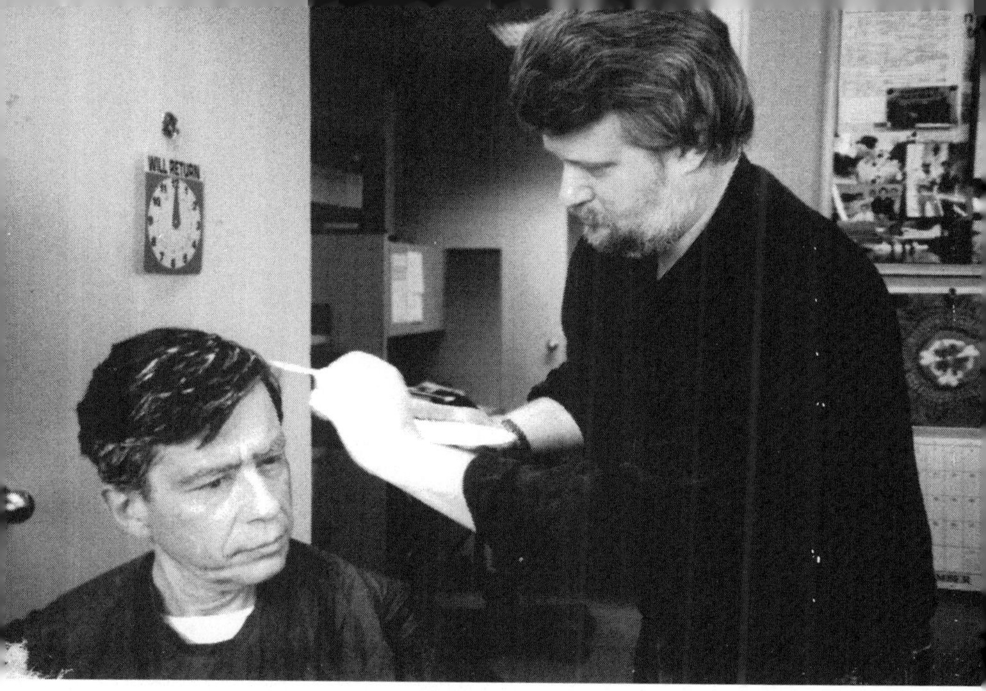

"Foi ele quem fez Dustin Hoffman parecer um índio de 121 anos no filme O pequeno grande homem *— a Globo nadava em dinheiro."*

Assisti em Nova York ao Boni derrubar uma proposta de um quadro de humor para o *Fantástico* aos três segundos de exibição do piloto: "Isso lá é iluminação que se apresente?".

Áudio. Se o áudio era ruim, ele derrubava no ato.

É bom não esquecer — e o Boni conta isso com detalhes até demais: ele frequentou agências de publicidade nos Estados Unidos, no início da carreira.

Entrou na televisão, primeiro, como profissional de publicidade, para fazer programas que as agências produziam em horário comprado na tevê.

A tevê aberta era o meio.

A publicidade, a mensagem — como diria aquele canadense, Marshall McLuhan, que, àquela altura, citava-se muito nas agências de publicidade.

O mais importante, porém, é o ritmo do Boni — ou seja, o ritmo do comercial de tevê.

O Boni diz que televisão aberta é hábito e ritmo.

O Armando Nogueira um dia me explicou por que não deixava as matérias do jornalismo se arrastarem: porque o minuto do Boni tinha trinta segundos.

O comercial de tevê tem trinta segundos.

A tevê do Boni tem ritmo frenético, como a fala do Boni.

Da novela ao Chacrinha.

Por isso que ele não gostava de futebol na televisão: por causa do ritmo.

Por isso, conta-se que, um dia, ele quase cortou o Hino Nacional antes de uma transmissão de jogo da seleção.

O ritmo.

Por isso ele não queria o programa do Jô Soares (ele não confessa isso no livro).

O Roberto Irineu e a Marluce contrataram o Jô para diminuir o Boni.

(Que pena que o Boni não cite a Miriam Leitão...)

Pois, não é que o publicitário José Bonifácio de Oliveira Sobrinho enfatiza o papel social da tevê aberta?

A responsabilidade social da tevê aberta?

"PHA e o maratonista Super Senior, no Central Park, num outono gélido."

E quando o Geneton Moraes, numa de suas excelentes entrevistas, perguntou a ele o que era mais importante na tevê, se o entretenimento ou o jornalismo, o Boni respondeu na hora: o jornalismo!

O serviço público!

—

"O *Fantástico* é isso: o show da vida!"
Do Boni, na coluna de TV do Globo, sobre uma reportagem em que eu tinha 90 anos e entrevistava o vencedor da maratona de Nova York, categoria Super Senior, e o campeão mundial de boxe, categoria "acima de 90 anos". Pouco depois de exibida a reportagem o *boxeur* morreu. Invicto.

—

A queda de Alberico

Domingos Meirelles é um excelente repórter e autor de um livro clássico, *As noites das grandes fogueiras — uma história da Coluna Prestes.*

Nós nos encontrávamos sempre na cabine de áudio da Record, para gravar nossos programas — *Domingo Espetacular* e *Repórter Record.*

Contei a ele que estava escrevendo este livro, só de histórias da minha vida na televisão.

E Domingos se ofereceu para mexer na memória e tirar de lá umas histórias da Globo — fomos contemporâneos ali e ambos alunos disciplinados da fonoaudióloga Glorinha Beuttenmüller, já que tínhamos ido da imprensa escrita para a televisão e precisávamos "programar" a voz.

No livro *O quarto poder: uma outra história*, descrevo em detalhes como Armando Nogueira caiu e Roberto Marinho nomeou Alberico de Souza Cruz diretor de Jornalismo da Globo, para bajular o Collor.

Na sucessão de Sarney, Marinho não tinha candidato, apoiou Quércia, Afif Domingos, Covas, e só foi apoiar Collor quando as pesquisas já tinham Collor na frente.

Sob a chefia do Armando, Alberico era o responsável pelos jornais locais da Globo e, nessa condição, tinha construído com Collor laços de amizade e fidelidade — Alberico, nas conversas comigo, referia-se a Collor como "o Presidente".

Alberico foi quem montou com o repórter Francisco José um *Globo Repórter* especial sobre "O Caçador de Marajás", que deu origem à lenda.

Armando escalou Meirelles para fazer a reportagem sobre Collor, que seria "o perfil do eleito" — se, de fato, fosse eleito.

Quando chegou de volta ao Rio, em cima da eleição do segundo turno, Armando chamou Meirelles para almoçar no nono andar do prédio da Globo, na rua Lopes Quintas, no Jardim Botânico, a Vênus Platinada.

"E como foi o Collor, falou mal de mim?", perguntou Armando.

"Não, seu nome não apareceu nas nossas conversas."

"É, mas, eu acho que ele acha que eu fui o responsável pela demissão do irmão dele", disse Armando.

(Leopoldo Collor foi demitido da chefia do escritório da Globo em São Paulo, depois que uma auditoria interna suspeitou de irregularidades que ele e o diretor local de jornalismo, Dante Matiussi pudessem ter cometido.)

Meirelles conta que ficou calado. "O que é que ia dizer?", me pegunta.

(Meirelles viajou de avião com Collor, mas de pouco adiantou. Sentado ao lado da mulher, ele passava os voos lendo um livro de capa encapada, para que ninguém soubesse qual era. Não dirigia uma palavra ao Meirelles, à mulher, nem a Renan Calheiros ou Cleto Falcão, que viajavam com ele.)

"E a Globo? Você acha que ele gosta de nós?", perguntou Armando.

"Bom, Armando, ele me disse que não se pode governar o Brasil sem ter uma televisão."

"Poxa", teria reagido o Armando. "Nós só fizemos encher a bola dele".

(No *Quarto poder*, registro frase que ouvi de Collor, logo no começo do seu governo, em Nova York: "Não vou ser como o Sarney e comer pela mão do Marinho".)

Armando chamou Alice Maria, sua fiel escudeira, que estava ao lado, e pediu que Meirelles reproduzisse o que tinha acabado de lhe contar.

"Isso vai acabar estourando no nosso colo", refletiu Alice.

E foi verdade.

Armando e Alice caíram para dar vaga a Alberico e "ao Presidente".

Já no governo Fernando Henrique, quando Alberico caiu, Domingos Meirelles também estava lá.

No dia da queda, depois do *Jornal Nacional*, Alberico chamou Meirelles à sala dele.

Comunicou a demissão, que Meirelles e todos ignoravam, e, chorando, disse:

"Eu só precisava de mais dois anos."

("O que é que eu ia dizer?", perguntou-se o Meirelles.)

"Quem me demitiu foram eles, os filhos do dr. Roberto. Eles me odeiam. Sabe por quê? Sabe quem disse a eles que eu ia substituir o Armando? Eu! Não foi o pai deles!"

(Meirelles concorda comigo: Roberto Marinho, vez por outra, gostava de desprestigiar os filhos diante dos empregados, para que os filhos se lembrassem de quem mandava: ele, o dr. Roberto!)

Na verdade, Meirelles conhece uma outra versão.

Fernando Henrique, presidente da República, telefonou para o filho mais velho, Roberto Irineu Marinho, e disse:

"Roberto Irineu, você não precisa pedir ao Alberico para me pedir para nomear um diretor da Caixa, porque é do interesse da Globo. Liga você direto!"

Alberico teria caído ali.

Roberto Irineu não tinha pedido nada.

E tem outra explicação, que publiquei no *Quarto poder*: Sérgio Motta, o comprador da reeleição de Fernando Henrique e seu ministro da Comunicação, declarou a um jornal que não precisava tratar com ninguém da família Marinho, porque tratava direto com Alberico.

E Alberico tratava direto com Fernando Henrique.

E batizava o filho que não era dele.

Alberico sumiu depois da queda. Sumiu, voltou para Minas, e passou a ser chamado de "Alberrico".

“Sabe o que são três segundos? Então acenda um fósforo e coloque embaixo do seu dedo indicador. E conte, pausadamente: um... dois... três...”

Teste de Lucas Mendes para dar uma ideia do que é o tempo em televisão.

A bagagem do ministro

Eu viajei a Washington como repórter da Globo para acompanhar a primeira visita ao FMI do ministro da Fazenda de Sarney (Tancredo), Francisco Dornelles.

Para facilitar o serviço dele e o meu, acertamos de eu viajar no mesmo voo da Varig em que ele fosse, do Rio para Nova York.

Ao chegar ao aeroporto Kennedy, tínhamos que ir para outro aeroporto, o La Guardia, fazer conexão para Washington.

Era uma correria infernal, porque ele tinha que estar no FMI, ainda antes do almoço.

Pequeno probleminha...

A Varig desembaraçava a bagagem do ministro com rapidez, com prioridade, mas a minha, a do cinegrafista e o equipamento, não!

O ministro não fazia alfândega nem imigração, mas nós, sim!

E o ministro não podia ir beijar a mão do FMI sem a Globo!

Ele teve que esperar, pacientemente, que a nossa bagagem fosse liberada, para sairmos, juntos, Globo e o ministro da Fazenda, para o FMI!

Puxa, que correria!

Ufa! Conseguimos!

Dornelles chegou religiosamente na hora prevista ao FMI.

E para ser entrevistado por mim, na saída!

Martinho da Vila, em entrevista para o *Domingo Espetacular*, sobre a chegada dos 70 anos.

"Ela me manda para onde eu quero ir."
Pouco antes, a mulher dele entra no jardim e diz:
"Martinho, hoje tem passagem de som, tem que responder aquele e-mail e tem a entrevista para a garota da rádio."
"Já vi que ela é quem manda em você, Martinho", disse eu.
"Mais ou menos..."

"Quer dizer que ela manda em você, não é isso?"

Beethoven abre o narcotúnel

A DEA americana — Drug Enforcement Administration —, ou seja, o FBI, descobriu um narcotúnel que saía de uma padaria em Tijuana, no México, e entrava profundamente em território americano.

Até a inovação tecnológica do "El Chapo" — que permitia o emprego de motocicletas —, era o maior narcotúnel jamais construído.

Esse também tinha sistema de refrigeração, iluminação e trilhos para os vagões deslizarem.

Fomos encaminhados à delegacia policial de Tijuana, que cuidava do caso.

(Depois que os americanos tinham feito o serviço, claro.)

O delegado de plantão estava inflexível: tinha ordens para não deixar ninguém descer ao túnel.

Além do mais, era muito profundo, com uma escada precária, perigosa.

As autoridades americanas e mexicanas não poderiam correr nenhum risco.

"E se o senhor despenca lá de cima da escada? — como fico eu, como fica minha família?", perguntou.

E nós ali, impacientes.

"No narcotúnel, a caminho do consumidor americano."

E o delegado, indiferente, assinando uns papéis — ao som da *Nona Sinfonia* de Beethoven, miseravelmente deformada por um toca-fitas contemporâneo de Thomas Edison.

"Vejo que o amigo gosta de música clássica", eu disse.

"Claro. Mas, esse aparelho é muito velho, a reprodução é péssima..."

"Sim, delegado, mas esse é um problema que se pode resolver."

O cinegrafista Orlando Moreira foi a uma loja próxima.

E nós descemos ao maior narcotúnel do mundo — até então.

O que Beethoven não é capaz de conseguir?

—

"Se o Johnny tiver paciência e esperar cinco anos até o povo se acostumar, o *Jornal da Band* vai pegar o *Jornal Nacional*."

Boni sobre o *Jornal da Band* que dirigi. Johnny é o Johnny Saad, dono da Band, que me mandou embora vencidos dois anos de um contrato de três. (Mas pagou caro por isso...)

—

Manual inútil do entrevistado

Uma das mais angustiantes situações de um entrevistador de televisão é entrevistar quem não dá a informação que um entrevistado deveria transmitir ao espectador.

E entrevistar é uma das formas mais usuais de informar o espectador.

Assim, senti a necessidade de entregar esse manual ao entrevistado alguns minutos antes de a entrevista começar.

(Como se trata de um *manual inútil*, na maioria das vezes foi inútil...)

Quem sabe, mesmo assim, ajude o amigo leitor que se tornar "entrevistado":

1. Não exponha seus títulos, credenciais, livros publicados, teses defendidas e biografia para tratar do assunto em questão;
   a) Se não os tivesse, não teria sido convidado...
2. Não faça um histórico do problema nem da história de como você chegou à conclusão do que ainda não se conhece;
   a) Televisão não tem tempo para "historias";

3. Vá direto ao ponto!;
4. Responda à pergunta feita, não à pergunta que você gostaria de responder;
5. Evite contar histórias correlatas, que, para você, têm a ver com o tema da pergunta;
    a) Poucas pessoas sabem contar "histórias" e "casos" em televisão;
    b) Vá ao ponto, direto! Responda à pergunta feita!
6. Não simule intimidade com o entrevistador(a);
    a) Se tem, dissimule. Se não tem, não tente ter;
    b) O entrevistador é um simples intermediário entre a informação que você tem e o que o espectador precisa saber;
7. Não olhe para a câmera. Olhe para o entrevistador! Não seja mal-educado. Olhe para quem dialoga com você!;
    a) Olhar para a câmera foi uma deformação de um procedimento rotineiro na Globo, no tempo do regime militar. Os entrevistados não precisavam dar a menor atenção a quem os entrevistasse. As "autoridades" estavam ali, mesmo, na Globo, para se servir dela — e ao regime...;
8. Fuja do entrevistador "terapeuta", aquele tipo grudento que tenta ser babá de entrevistado. Ele está mais interessado nele mesmo do que em você — e pior, do que no público!;

9. Relaxe! A câmera não morde! O entrevistador(a) também não (pelo menos em público!);
10. Se o entrevistador fizer menção de interrompê-lo, conclua rápido e devolva a palavra;
    a) Você está falando demais, ou não diz coisa com coisa, ou ele precisa entrar em outro tema. Confie no julgamento dele, ele vive disso — ou pensa que...;
11. Quando o entrevistado disser "o(a) senhor(a) tem um minuto", na verdade, tem trinta segundos;
    a) Ele quer ser educado, mas manda você correr...;
12. Vista-se com sobriedade e procure, antes, saber como deve se vestir de forma compatível com o estilo do programa;
13. Despeça-se normalmente. Nada de se derramar aos pés do entrevistador por "essa maravilhosa oportunidade", "desculpe qualquer coisa"!;
    a) Você foi convidado porque tem o que informar;
    b) Se não foi esse o caso, lamento, amigo(a), mas convidá-lo(a) foi um lamentável equívoco!

A força centrífuga de Pablo Escobar

Eu tinha acabado de mudar para um elegante prédio na região mais *chic* de Manhattan, ao lado de onde morava o George Soros, a um quarteirão do Guggenheim Museum e do Central Park (onde eu corria quatro vezes por semana, até ser vítima de uma hérnia de disco do tamanho daquela que tirou o Joaquim Barbosa da cadeira).

Era um prédio de WASPS — brancos, anglo-saxões e protestantes — e, até hoje, acredito que só me aceitaram — um "hispano" — no corpo de proprietários porque o condomínio estava sem dinheiro.

O síndico, um notável bancário, deu um *cocktail* de boas-vindas aos novos moradores — como era costume.

Foi exatamente no fim da tarde do dia em que eu voltava de Medellín, Colômbia, onde fui cobrir o enterro do traficante Pablo Escobar para o *Fantástico*.

Cheguei atrasado, meio atordoado.

Eu fiquei numa roda, minha ex-mulher na outra.

De repente, percebo um brusco movimento de fuga na roda dela.

Saíram todos, às pressas, impelidos por irresistível força centrífuga...

Virei-me para ela e perguntei:

A casa em que os americanos fuzilaram Pablo Escobar

"O que aconteceu?"

"Elas me perguntaram de onde você vinha tão afobado, e eu disse que você tinha ido ao enterro do Pablo Escobar!"

“Ninguém mexe com essa mulher. Ela mostrou que tem caráter.”

Evandro Carlos de Andrade sobre Mirian Dutra, que a Globo exilou na Europa para proteger Fernando Henrique Cardoso, que não era pai do filho dela, porque ela se recusava a tratar do filho que não era dele.

O mordomo e a princesa

Diana jamais tinha dado uma entrevista.

Lúcia Flecha de Lima se tornou uma espécie de mãe adotiva de Diana, desde que o marido, embaixador Paulo Tarso Flecha de Lima, foi servir em Londres.

Lúcia protegeu a jovem na fase mais aguda da crise da separação do Príncipe Charles.

Paulo Tarso era um excelente informante e cordial amigo.

Era um discreto e seguro inconfidente — conhecia todos os palácios, desde que serviu no Catete, com JK.

Ele foi removido para Washington, e eu estava na Globo de Nova York.

Um dia, Lúcia me telefona para saber se eu queria entrevistar Diana.

Como? Ela fala?

"Claro", respondi.

No auge do barraco da separação e do casamento de Charles com Camila, Diana tinha ido a Washington se consolar com Lúcia.

As memórias do ex-marido tinham vazado para um daqueles tabloides ingleses escandalosos, e ela se sentia na obrigação de dizer alguma coisa, para proteger os filhos.

Mas, Lúcia me explicou, ela não podia dar entrevista a um jornalista inglês, porque seria hostilizada por todos os preteridos.

Então, Lúcia teve a ideia brilhante: dê ao Paulo Henrique, e ele distribui para a Inglaterra inteira.

Ela concordou.

Era um domingo, e ela voltava para Londres naquele fim de tarde.

Pedi autorização ao Rio, e fui ainda de manhã para a embaixada do Brasil em Washington.

Lúcia me explicou que ela estava arrasada com as aviltantes confissões de Charles.

Lúcia a convenceu de que precisava demonstrar seu repúdio e reafirmar que era uma mãe responsável.

E o pai tinha ofendido não só a ela, mas às crianças também.

E assim foi feito.

Eu e Paulo Zero saímos da embaixada e fomos para uma entrada lateral, "secreta", nos fundos do aeroporto Dulles, em Washington, que dá acesso à primeira classe da British Airways.

Eu "surpreenderia" a princesa e, ela, "surpresa", responderia a três perguntas que eu fizesse.

Eu me precavi. Consegui do Rio a confirmação de que a entrevista seria, de fato, exibida no *Fantástico* e distribuída ainda no domingo para o mundo todo.

Mas, diante do risco de ser boicotado pelo diretor de jornalismo da Globo, o Alberico de Souza Cruz, que preferia me esconder, abri a possibilidade de fa-

"A princesa se deixa surpreender."

zer uma edição extra no programa *World Report*, da CNN, com que eu colaborava, dando, é claro, o devido crédito à Globo.

Passou pela minha cabeça que o Alberico preferisse dar um "cozidão" da imprensa inglesa do dia com o escândalo na primeira página, e me jogar na lata do lixo, na frágil companhia da princesa.

Em televisão, amigo leitor, tudo é possível.

De fato, o *Fantástico* deu um bom tempo ao "cozidão" de Londres, e eu preparei a edição "extra" para a CNN também.

Mas, o objetivo da Lúcia tinha sido atingido: minha entrevista do *Fantástico* foi ao ar na íntegra e chegou à imprensa inglesa.

Na segunda-feira, de volta a Nova York, me ligam uns jornalistas ingleses: “Como é que você conseguiu chegar a ela?”.

“Foi através da embaixada brasileira.”

“Mas, quem, na embaixada?”

O mordomo, “*the butler*”, respondi.

Ah, e sobre a entrevista: o que disse a princesinha traída?

Nada que mereça ser lembrado.

E ela guardava nos lábios um sorriso infanto-juvenil que não combinava com a gravidade da ofensa sofrida.

"O rádio é a escola dos que não tem escola."

Roquette-Pinto 1924

O bastardo do príncipe

Mirian Dutra era uma medíocre repórter do *Jornal da Globo* que cobria o Senado. Cobria tão bem que, a certa altura, assegurou que era a mãe de um filho do senador Fernando Henrique Cardoso.

Eu era editor de Economia e tinha uma coluna no *Jornal da Globo*. Eu contava com o editor Marcelo Netto, que foi casado com a Miriam Leitão, separou-se e depois se casou com a Ana Paula Padrão. Após se separar da Miriam Leitão, ele se referia a ela, carinhosamente, como "jabiraca", mistura de jaburu com jararaca.

O Marcelo Netto era o parceiro da Mirian Dutra nas tarefas posteriores ao *Jornal Nacional*: ele cuidava da Economia e ela, da Política.

Quando eu ia a Brasília, íamos depois jantar: eu, a Mirian, o Marcelo e o namorado da Mirian.

O senador era bígamo, como a maioria dos parlamentares que não fixam residência em Brasília.

De terça de manhã à tarde de quinta — enquanto estão de "serviço" na capital — por lá se amancebam.

Não há notícia de que D. Ruth, mulher de Fernando Henrique, e a sra. Allende, mulher de Serra, jamais tenham ido a Brasília enquanto os dois eram parlamentares.

Uma colega da TV Record me contou que, quando trabalhava em Brasília, um dia recebeu extravagante convite do Serra:

"Vamos lá em casa. Depois o Fernando aparece."

Fernando Henrique acompanhava a Mirian ao restaurante sem nenhuma compostura, sem nenhum recato.

A Mirian se sentava no colo dele na frente de toda a imprensa de Brasília.

E a presença dele era um ímã: a imprensa de Brasília sempre bajulou o *príncipe dos sociólogos*.

Os namorados se afagavam, seduziam-se na frente de todo mundo. Era uma cena pública.

Como também era público que o FHC pagava uma mesada à Mirian.

E, segundo depoimento de colegas da Globo, quem levava a mesada à Mirian, na Globo, num envelope pardo, era o José Serra.

Depois do rompimento trepidante da Mirian com FHC, soube-se que Serra mantinha relações funcionais duradouras com a irmã de Mirian.

(Serra a empregava em seu gabinete do Senado sem que ela lá pisasse.)

Mirian decidiu botar a boca no mundo porque a Globo, depois de 25 anos, resolveu demiti-la.

Nesse tempo, ela protegeu a reputação do Fernando Henrique na qualidade de correspondente em Lisboa, Madrid e Barcelona.

Não há notícia de nenhuma matéria que aí tenha feito em 25 anos de relevantes serviços prestados a Fernando Henrique e à Globo.

Quem promoveu a remoção de Mirian para a Europa foi o diretor de jornalismo da Globo, Alberico de Souza Cruz.

Alberico é o padrinho do filho que não é filho de Fernando Henrique.

Como se sabe, os filhos naturais de FHC exigiram um DNA do menino que o "pai" já tinha perfilhado.

O primeiro DNA, feito no Brasil, deu negativo.

O segundo, em Nova York, deu negativo.

Portanto, Fernando Henrique é um... de dupla certificação.

E certificação internacional.

(Os detalhes sórdidos dessa trampa estão em *O quarto poder: uma outra história* e no livro de Palmério Dória, *O príncipe da privataria*, que começa com a frase de FHC quando Mirian foi a seu gabinete, no Senado, para dizer que estava grávida de um filho dele: "Saia daqui, sua rameira!".)

* * *

Por falar em detalhes, FHC conseguiu plantar na revista *Veja* uma nota que dizia que um biólogo... chegaria ao Brasil para acompanhar o nascimento de seu filho com Mirian Dutra. O biólogo não existia. Mas, ajudou a blindar o adultério do futuro presidente.

Depois de demitida pela Globo, Mirian deu entrevista a um site espanhol e contou que essa patranha tinha sido combinada com o então diretor da *Veja*, um tal de Mario Sergio "Conde".

Talvez seja o Conti que entrevistou o sósia do Felipão como se fosse o Felipão, mesmo depois de o sósia dizer que era o sósia do Felipão. A *Folha* chegou a publicar o antológico furo de reportagem.

"E onde fica o muro de Berlim?"

Pergunta de um turista brasileiro ao guia Artêmio, na Praça Vermelha, em Moscou, ao mostrar a catedral de São Basílio, o GUM e onde fica o túmulo de Lenin...
"Em Berlim, meu caro."
(O que não tem nada a ver com este livro, mas é muito engraçado!)

Escola do truque

Quem abriu o escritório da Globo em Nova York foi o Hélio Costa.

O Boni sempre concebeu o escritório como um centro de produção para o *Fantástico.*

Embora estivesse subordinado ao jornalismo e ao Armando Nogueira, o *Fantástico* era do Boni.

Foi quem idealizou o programa, compôs a vinheta musical de abertura e zelou por ele como se fosse seu.

Ele contratou o Hélio porque gostou da voz do Hélio.

Hélio Costa era locutor do Serviço de Informação do governo americano em português, o USIS.

Hélio foi também intérprete do professor americano de tortura Dan Mitrione, quando deu aulas em Belo Horizonte, no regime militar.

E o Hélio foi sempre perseguido por essa proximidade com o governo americano.

Quando Hélio Costa disputou a eleição para governador de Minas com Hélio Garcia, Mauro Santayana, que trabalhava para Garcia, criou um slogan mortífero: "Hélio por Hélio, vote no Garcia, e não no da CIA".

Quem abriu o escritório da Globo com o Hélio foi o Orlando Moreira, cinegrafista muito querido na Globo, e eu me arrependo de não tê-lo demitido logo que cheguei, porque ele é um caráter cheio de manchas.

Quem me mandou para Nova York foi o Boni, depois que fui cobrir umas férias do Lucas Mendes, que tinha substituído o Hélio.

O diretor de jornalismo, Alberico de Souza Cruz, gostou da ideia: livrava-se da minha proximidade no Rio.

E eu tratei da minha remuneração com Roberto Irineu Marinho, filho do Roberto Marinho, e seu principal assessor, Pedro Carvalho.

Alberico não entrou nessa discussão.

(Eu fiz um acordo com Pedro — eu emprestava, de graça, a quem a Globo quisesse, a casa em que eu morava no Jardim Botânico, e ela me ajudava a comprar um apartamento em Nova York. E assim foi feito.)

Boni sugeriu que eu demitisse todo o escritório de Nova York.

Ele queria sacudir a árvore.

Errei.

Preferi mexer aos poucos.

E Moreira foi, desde o início, com sua senioridade, um incansável conspirador contra o novo chefe.

* * *

Na transição de Sarney para Collor, o Roberto Marinho mandou demitir o Lucas, porque disse à *IstoÉ* que o Collor era um coronel *yuppie*; demitiu a Alice Maria, porque era a segunda do Armando; demitiu a Lúcia Guimarães, que era subchefe do escritório de Nova York, e amiga da Alice Maria; e, para bajular o Collor, nomeou o seu (do Collor) dileto amigo Alberico para o lugar do Armando Nogueira.[1]

* * *

Outro parêntese. A demissão de Lucas Mendes foi um erro grave. Lucas era um excelente repórter, e o Armando Nogueira — com razão — considerava que ele tinha o melhor texto da casa.

E como dizia o Don Hewitt, que criou o *60 Minutes*, o melhor programa jornalístico da tevê americana, e o dirigiu por 36 anos, "televisão é texto".

Eu e o Lucas chegamos a conversar como seria a nossa divisão de trabalho em Nova York, com o chefe da editoria internacional, o Henrique Coutinho.

* * *

A certa altura, me livrei do Orlando e o substituí pelo Paulo Zero — excelente cinegrafista e ainda melhor iluminador! — e, mais tarde, pelo Hélio Alvarez, que, merecidamente, se tornou chefe da cinematografia do jornalismo da Globo.

---

1. Os bastidores dessa jornada de São Bartolomeu, como a de Chicago, estão no livro *O quarto poder: uma outra história*.

Como se sabe, enquanto trabalhou no *Fantástico*, o Hélio Costa descobria a cura do câncer todo domingo. Curou o câncer por dez anos.

Ele frequentemente usava as matérias dos programas americanos que a Globo comprava, entre eles o *60 Minutes*.

Acontece que o Hélio viajava muito para cuidar da carreira política, centrada em Barbacena, onde tinha uma rádio. E chegava muitas vezes a Nova York em cima da hora para fechar as matérias do *Fantástico*.

Aí, me contaram, ele pegava as matérias americanas compradas, cortava a participação do repórter original, colocava-se sentado em uma posição com luz e ambiente parecidos aos do repórter original e simulava que era ele quem entrevistava o personagem da matéria.

Truque manjado.

Gravava o *off*, fazia umas passagens, e bingo!

Isso era feito com engenho e arte, segundo os depoimentos que recolhi, pelo Orlando Moreira.

* * *

Também me contaram, quando cheguei, que, em algum lugar ignoto do escritório, havia uma fita com o original, "bruto", não exibido, de uma entrevista do Paulo Francis com o John Kenneth Galbraith, emérito professor de economia, autor de livros clássicos, embaixador do Kennedy na Índia.

O Francis foi entrevistá-lo em Boston, com aquela humildade franciscana.

Francis precedeu a pergunta com uma longa exposição sobre o funcionamento do mundo e as peculiaridades da economia interplanetária, na sua (dele, Francis) perspectiva: um neoliberal ortodoxo (Francis, ex-trotskista, era um furioso cristão novo).

Galbraith, como se sabe, se inclinava a outra direção do espectro da história do pensamento econômico.

Depois de alguns instantes, educadamente, Galbraith tirou o microfone da lapela, fez o movimento de se levantar e disse:

"O senhor veio aqui para conhecer as minhas ideias. Eu não estou minimamente interessado nas suas. Ou o senhor me faz perguntas ou eu vou embora."

A jornalista Dorrit Harazim talvez se lembre de ter escrito a crítica de um suposto livro do Francis sobre a eleição presidencial Nixon versus McGovern, numa tentativa de reproduzir a série bem-sucedida do Theodore White, "Como se faz um presidente".

Dorrit contou, na média, cinco erros factuais por página — até onde alcança a memória do que ela me disse.

Dorrit cobriu a mesma eleição...

Francis foi um dos mais bem-sucedidos impostores da imprensa e da televisão brasileiras.[2]

2. *O quarto poder* lhe dedica generosas observações.

"Eu andando com Hefner no jardim."

— Posso dizer que você inventou a mulher?
— Não! Quem inventou a mulher foi Deus. Eu inventei a mulher nua!
Entrevista com Hugh Hefner, fundador da *Playboy*, para o *Fantástico*, na casa dele, em Chicago.
Uma das mulheres que ele inventou foi a própria, que aparecia inteiramente pelada, como saiu na página central da *Playboy*, num quadro, no alto da escada.
Depois, ele fez questão de autografar a mais famosa delas, a da folhinha, Marilyn Monroe.

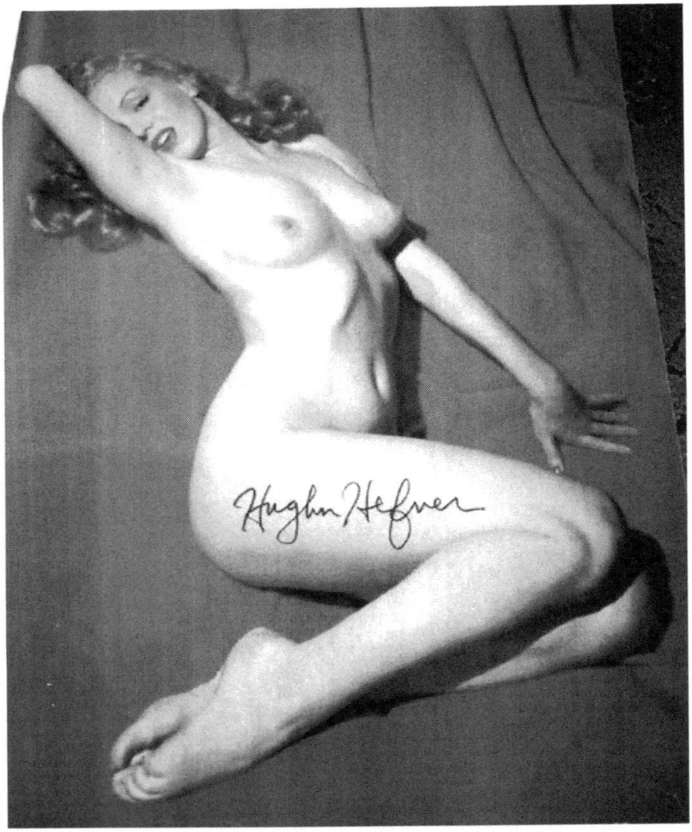

Assinatura de Hefner na coxa de Marilyn.

O maior dos mamíferos

Eu era correspondente da Globo em Nova York e, a certa altura, em 1991, tive que fazer uma cirurgia para colocar uma mamária e duas safenas no coração. Eu estava com duas artérias entupidas e a terceira, com 60% de bloqueio. Eu ia ter um infarto em breve.

Fiz a operação no NewYork-Presbyterian Hospital com o melhor cirurgião da época, Wayne Isom.

Felipe Rodriguez, que dirigia a Globo International (GINY), empresa que, formalmente, me empregava, comprou o melhor plano de saúde disponível, de uma empresa chamada Guardian.

Éramos também protegidos pela Blue Cross Blue Shield, uma federação de planos estaduais de saúde, mais barata, com cobertura menor.

Na véspera da operação, à noite, eu já à base de isordil sublingual, recebo o telefonema de um funcionário da Blue Cross para confirmar que meu cardiologista, Edmund Sonnenblick — que prestava os mesmos serviços a Edmund Safra e a Gianni Agnelli — tinha encomendado duas safenas e uma mamária.

Sim, respondi.

"Bom, nós vamos reavaliar se se justifica o procedimento, diante dos exames de que dispomos."

"E se os senhores considerarem que o dr. Sonnenblick errou, pediu o que não devia..."

"Nós não vamos cobrir a cirurgia."

Ou seja, meu coração estava nas mãos só da Guardian — e do Felipe Rodriguez!

E do dr. Roberto!

(Por um tempo, a reputação do dr. Isom ficou abalada. Ele fez a mesma cirurgia no genial tenista Arthur Ashe em 1983 com transfusão de sangue. Ashe morreu dez anos depois, com complicações decorrentes da aids. Desde então, Isom não voltou a fazer transfusão de sangue.)

Fernando Collor foi a Nova York, para a Assembleia da ONU. Soube que eu estava no hospital e o Cláudio Humberto, assessor de imprensa, telefonou para a minha ex-mulher, perguntou se o presidente da República podia me visitar. Ela pensou, primeiro, que fosse um trote, mas a coisa se esclareceu e ele foi me visitar.

A segurança da presidência notificou o hospital, e se montou da parte dele e do hospital uma infernal estrutura de segurança.

Pouco antes de o Collor chegar, tinha ido me visitar o ex-governador do Ceará, Tasso Jereissati, com quem eu tinha relações cordiais.

Quando soube que o Collor estava para chegar, Tasso saiu pela porta dos fundos, desceu as escadas, porque não podia ver o Collor. Eram inimigos de morte.

Quando o Collor foi me visitar, eu já andava e, de acordo com Isom, nada é mais perigoso que um hospital.

No segundo dia ele me mandou andar, subir e descer escadas, e me mandou embora com cinco dias. No sétimo dia, eu dava um furo no *Jornal Nacional* — obtido, em *off*, com Collor.

Eu me lembro que mostrei ao Collor uma parafernália tecnológica para acompanhar os internos, e que hoje é corriqueira. No quarto, eu ficava todo monitorado e os meus sinais vitais apareciam numa telinha na central de enfermagem, no meio do corredor do hospital.

Hoje, 2016, no andar chamado de "Dubai", no Hospital Sírio Libanês, em São Paulo, esse monitoramento é todo feito numa central do andar e no próprio quarto do paciente.

Collor pareceu impressionado e disse que ia tomar providências para que aquilo viesse a ser corriqueiro nos hospitais do SUS.

Provavelmente, isso não aconteceu. A ideia sumiu como o Tasso Jereissati.

E os enfermeiros do Presbyterian me perguntavam quem era eu para ter tanto prestígio: um presidente, um governador...

"Não sou eu, não, é de um senhor chamado Roberto Marinho. O coração é meu. Se alguém tiver que morrer aqui, serei eu. Mas o prestígio é dele."

Um mês depois eu estava no Alasca para um *Globo Repórter* sobre os ursos da ilha de Kodiak, o maior dos mamíferos.

"No Alasca, em busca do maior dos mamíferos."

* * *

Em tempo: ao me liberar, no corredor dos elevadores, Isom veio se despedir, e eu perguntei se podia voltar a fumar charuto.

Ele respondeu:

"Sim, e nos reencontraremos aqui, em breve."

"O Brasil é o único lugar do mundo em que jornalista chama patrão de colega."

"No Brasil, os jornalistas são piores que os patrões."

Mino Carta

Máximas e mínimas de um manual inútil

Enquanto trabalhei na Globo (1985–96), colecionei algumas máximas do Boni, ou a ele atribuídas — e que pareciam dele.

1. Televisão (aberta, porque, então, a por assinatura era irrelevante) é ritmo e hábito;
2. Em televisão, um minuto tem trinta segundos;
3. A voz é a personalidade do repórter;
4. Não se fala sobre o que vai ao ar: mostra-se;
5. O maior inimigo da televisão é a improvisação;
6. Sempre que você ouvir falar em "televisão (aberta) para a classe A", saia correndo;
7. Os programas têm que ficar um degrau acima do nível do espectador, e puxar ele para cima;
8. Nenhum repórter com menos de 40 anos deveria entrar no *Jornal Nacional* — se aparecer, quando chegar em casa vai pensar que é Deus;
9. Apresentador, homem, deveria ter cabelos brancos, de preferência;
10. Não grite! Nem fale só com o cara ao lado da bancada — o espectador vai se sentir um penetra!

Conselhos que o Galvão Bueno ignora, claro!

Televisão e utopia

Devo à minha irmã Marilia a leitura que gostaria de recomendar aos leitores que pretendam levar o estudo da televisão a sério (esse não é, frequentemente, o meu caso).

É *Sur la Télévision*, de Pierre Bourdieu, da Éditions Liber, de 1996.

Um aperitivo (a tradução é minha):

> Uma parte da ação simbólica da televisão... consiste em atrair a atenção sobre os fatos que interessem a todo mundo, são 'ônibus', para todo mundo. Os 'fatos ônibus' não devem chocar ninguém, não levam a nenhum risco, constroem consenso, porque não tratam de nada importante... Interessam a todo mundo, sem extrair consequências, e prendem o tempo que deveria ser empregado para se dizer outra coisa. O tempo é uma mercadoria extremamente rara em televisão. E se gastam tempo tão precioso para dizer coisas tão fúteis, é porque essas coisas fúteis são muito importantes: porque escondem as coisas valiosas... A televisão tem uma espécie de monopólio de fato sobre a formação do cérebro de uma parte importante da população... A televisão pode, paradoxalmente, esconder mostrando, ao mostrar coisa diferente daquilo que se deveria mostrar, se o objetivo fosse informar.

Sobre o assunto, cabe referência à instrução que Roberto Marinho deu a seu diretor de jornalismo, Armando Nogueira, sobre como editar o *Jornal Nacional*:

"Armando, *O Globo* é o que é não pelo que deu, mas pelo que não deu!"

(Marinho jamais se referia à Globo, nunca, mas ao jornal *O Globo*.)

Ainda sobre a utilização do tempo de lazer e seu controle, em Bourdieu, ler de Jessé Souza o indispensável ensaio *A tolice da inteligência brasileira*:[1] ou como o país se deixa manipular pela elite.

Devo a meu querido amigo Luiz Carlos Barreto a leitura de Roberto Rossellini — *La télévision comme utopie*, da Cahiers du Cinéma, de 2001, com textos escolhidos e apresentados por Adriano Aprà.

Trechos breves (a tradução é minha):

> Nossa civilização vai se perder num abismo... Como a Roma antiga.
>
> [Os meios de comunicação revelam] essa regressão do homem ao animalismo, com o triunfo da propaganda e da ideologia sobre o conhecimento, da retórica sobre o diálogo, do divertimento e da sedução sobre a razão.
>
> Por meio da televisão, é possível realizar essa *embria*gadora aventura de pensar e instaurar uma relação dialógica entre os homens, porque é uma arte nascente, não condicionada por uma linguagem codificada, e para um público de massa — como pode vir a ser o cinema —, mas, ao contrário, dirigida a milhões de espectadores que são milhões de indivíduos.

1. São Paulo: LeYa, 2015.

É preciso inventar um novo método de educação, livre, fácil, agradável e integral, a que devemos dedicar boa parte de nosso tempo livre... Fazer ver com seus próprios olhos.

Tolstói dizia que a impulsão emotiva é indispensável a toda experiência artística. Diz-se, também, que a arte e a literatura, como todas as leis e as instituições, são uma expressão da sociedade e, portanto, estão intimamente ligadas aos outros fatores do desenvolvimento social. Esse princípio se contradiz com o que prega a arte como um fim em si mesmo, eterna, distante, suspensa sobre o vazio.

Eu gostaria de citar uma frase de Marx e acrescentar outra, minha. Marx disse que "a ignorância jamais ajudou ninguém". Eu digo: a ignorância serve aos que nos querem sempre subalternos.

Rossellini defendeu a televisão estatal, como instrumento indispensável à construção dessa "televisão como utopia".

Ele foi um dos fundadores do neorrealismo italiano — *Roma, cidade aberta* (1945), *Paisà* (1946), *Alemanha, ano zero* (1948), *Stromboli* (1950) — com a mulher Ingrid Bergman, de cujo casamento nasceu Isabella Rossellini — e *O General Della Rovere* (1959).

Consagrado no cinema, dedicou-se à utopia.

E realizou, para a televisão: *A idade de ferro* e *Nós, as mulheres*; *Sócrates*; *Os atos dos apóstolos; Santo Agostinho*; *Blaise Pascal*; e *O Renascimento: a era dos Médici.*

"Na favela Cité Soleil, em Port-au-Prince, a cidade proibida do Haiti."

O paraíso penal do Fernando Meirelles

Com a ajuda do excelente produtor Leandro Santana, fiz duas reportagens para o *Domingo Espetacular* a partir do trabalho do delegado Protógenes Queiroz, da Polícia Federal.

Uma sobre o desmoronamento das atividades do megacontrabandista Law Kin Chong, e outra sobre o magnata russo Roman Abramovich e seu assecla, o iraniano Kia Joorabchian, que tentaram usar o Corinthians para assaltar o Brasil.

O delegado Protógenes viu a seriedade das nossas reportagens e a repercussão do trabalho dele.

E, quando veio a operação Satiagraha, Leandrinho e eu voltamos a procurá-lo.

Sempre que possível e sem "vazar" nada — como passou a ser procedimento rotineiro, impune, na operação Lava Jato — Protógenes nos ajudava a pensar, a montar nossa própria linha de investigação.

A Satiagraha se tornou um tema frequente das reportagens e análises no meu blog *Conversa Afiada*.

Ao assistir ao documentário *Enron: os mais espertos da sala*, de 2005, sobre uma das maiores patifarias empresariais dos Estados Unidos, e a partir de reportagens da revista *Fortune*, imaginei que a Satiagraha pudesse se transformar num documentário também, com a mesma origem: reportagens.

Procurei o publicitário e diretor de cinema Fernando Meirelles, que vivia o ponto culminante de sua glória, com o lançamento de *Cidade de Deus*, em 2002.

Exibi para ele o *Enron*, no seu escritório em São Paulo, na sede da agência O2.

Contei um pouco da Satiagraha e de Daniel Dantas, que ele conhecia por alto.

Dias depois, recebi o recado de que ele se interessava pelo projeto.

Marcamos uma reunião.

Estávamos eu, minha mulher, Geórgia Pinheiro, Protógenes, o escritor Fernando Morais e meu advogado Marcos Bitelli, os dois por mim convidados, Meirelles e, a certa altura, uma sócia dele.

Fizemos o acordo que Bitelli transformaria num contrato.

A produtora pessoal do Fernando — e não a empresa de publicidade — produziria o documentário.

Eu e Fernando Meirelles seríamos diretores do documentário.

Eu escreveria um pré-roteiro e seria o narrador do documentário.

Fernando Morais teria os direitos para escrever a história da operação e do documentário.

E Protógenes receberia um percentual sobre os lucros do documentário e sobre o preço de capa do livro, além dos 10% usuais do Fernando Morais.

Comecei a trabalhar.

Entrevistamos o Protógenes exaustivamente, várias vezes, numa casa do Meirelles.

Com ele e com o juiz Fausto De Sanctis reconstituí os momentos que imediatamente antecederam o início da operação.

A feroz pressão que Protógenes e De Sanctis receberam de dentro da Polícia Federal — inclusive do delegado Daiello, que depois se tornou diretor-geral da PF nos governos Dilma e Temer — para abortar a operação, quando os carros, de madrugada, já estavam na rua para realizar as prisões de Daniel Dantas e Naji Nahas.

Protógenes, na porta de um dos presos, o prefeito Celso Pitta, teve que discutir com os chefes, por telefone, que tentaram cancelar a operação quando ela já se realizava.

De Sanctis me contou que teve que expulsar da sala os ameaçadores delegados, aos gritos: "Ponham-se daqui pra fora!".

Por quê?

Porque eles consideravam que a operação ia macular o prestígio político da instituição...

Entrevistei também Paulo Lacerda, que dirigia a PF quando autorizou a operação.

Ele contou que, ao dirigir a investigação que pegou a corrupção de PC Farias no governo Collor, foi ali que a PF começou a adquirir tecnologia para investigar crimes do colarinho branco.

Entrevistei o ex-Procurador Geral da República, Claudio Fonteles sobre a impunidade de ricos e políticos.

O excelente jornalista Samuel Possebon explicou como Daniel Dantas, com a ajuda de ilustres advogados, como Modesto Carvalhosa, montava "teias societárias".

E, depois, Dantas se encarregava de "aprová-las", "ratificá-las" na Justiça (sic).

Leandro Fortes explicou como Fernando Henrique Cardoso e a sua Polícia Federal conseguiram detonar a investigação sobre o Dossiê Cayman.[1]

Escrevi o pré-roteiro.

O título do documentário foi uma sugestão de De Sanctis:

"O Brasil é um paraíso! Penal!"

E comecei a gravar a narração num estúdio da O2, com o apoio de uma equipe da agência.

E à medida em que eu gravava o *off*, um colega do *Domingo Espetacular*, Flávio Salgueiro, começava a editar numa ilha de edição — sempre na O2.

A certa altura, ocorreu fato estranhíssimo, agora descrito por Flávio:

"Eu não estava nas gravações das entrevistas. Um dia você me chamou para jantar na sua casa e me passou um roteiro. Era para um documentário sobre a Satiagraha segundo a ótica dos investigadores. A espinha dorsal seria o depoimento do Protógenes Queiroz, secundado pelo Paulo Lacerda.

---

1. Ver mais em: https://goo.gl/4UOfKC.

Você me deu a transcrição das entrevistas. Acertamos que eu iria assistir às gravações na O2. Eu ia lá e via, acompanhado por um editor deles. Ficava cerca de uma hora nas ilhas, decupando. Foram poucos dias, umas duas semanas.

Um dia, achei no material bruto um arquivo que não conhecia. Era um vídeo já editado a partir do [seu] material bruto. O editor (da O2) me disse que era apenas um exercício. Eu pedi para ver e estranhei duas coisas:

1. A duração: se eu me lembro bem, esse VT editado tinha pouco mais de meia hora, quarenta minutos. Parecia mais a primeira versão de um documentário, não apenas um exercício.

2. O tema era (completamente) diferente. O assunto eram as causas da corrupção no Brasil, como a corrupção faz parte da prática política brasileira, o que fazer para resolver o problema. A abertura não tinha [o seu] *off*. Eram várias sonoras (entrevistas) de especialistas falando sobre corrupção [nenhum deles incluído no roteiro original]. Aquilo que em linguagem de TV chamamos de escalada, a introdução de um assunto.

Eu vi apenas uns 5 minutos do vídeo. Pedi licença ao editor e saí. Achei que não cabia ver o resto antes de uma definição melhor sobre o conteúdo. No fim do dia, te escrevi [para relatar o acontecido]."

O que significa isso?

Que o Meirelles decidiu fazer um *outro* documentário, da cabeça dele.

E não me avisou.

Eu não queria achar as raízes da corrupção.

(Como se viu, mais tarde, isso desembocou na militância dos missionários da "força-tarefa" da Lava Jato...)

Meirelles talvez não quisesse tratar da corrupção exposta na Satiagraha, que, por sua vez, expunha a Privataria Tucana em sua máxima essência!

A "Enron" do Meirelles poderia proteger os tucanos!

Uma versão "marineira", já que ele é um militante do verdismo pátrio.

Trocamos uns desaforos por e-mail.

Ele quis me cobrar R$ 60 mil pelas despesas ocorridas — como se eu e ele não fôssemos "sócios" da empreitada...

E, então, me dei conta de que Kátia Lund, codiretora de *Cidade de Deus*, talvez pudesse dar um depoimento interessante sobre um dos argumentos que ele usou para justificar o seu "Enron":

Os filmes mudam muito na ilha de edição!

* * *

Em tempo: o roteiro de *O Brasil é um paraíso* está pronto. Precisa ser retocado, atualizado e reduzido. Um dia, será produzido!

O documentário abre com o advogado Sobral Pinto, num comício das Diretas Já, no Rio.

A que um jovem aspirante a delegado de polícia assistiu.

Outro papo cabeça

De Marilia Amorim, em *Petit traité de la bêtise contemporaine: suivi de Comment (re)devenir intelligent* ("Pequeno tratado sobre a burrice contemporânea: seguido de como voltar a ser inteligente"):[1]

"Já o meu trabalho é uma tentativa de pensar a *bêtise* no âmbito do saber narrativo que envolve o saber contar histórias, sejam elas grandes ou pequenas histórias, mas também o simples relato de uma experiência ou situação do cotidiano. Ora, o saber narrativo confunde-se com a própria atividade falante do ser humano, pois, quando falamos, estamos sempre relatando ou interpretando algo que nos foi relatado. Então quando identifico uma situação que subestima nossa inteligência discursiva, estou considerando que também nosso saber narrativo está sendo ameaçado.

Procurei observar a imbricação discurso/narração em uma situação que é talvez, na nossa sociedade, a mais corriqueira de todas: a televisão. Muito já se falou do baixo nível de qualidade dos conteúdos televisivos, mas uma afirmação, que a essa altura já se tornou famosa, é a que melhor resume o problema. Patrick Le Lay, presidente do canal TF1 [canal aberto

---

1. Toulouse: Érès, 2012.

de maior audiência, um equivalente da Globo], declarou em uma reunião com outros dirigentes de empresa o seguinte:

> Nossos programas têm por vocação tornar [o cérebro do espectador] disponível, isto é, diverti-lo, descontraí-lo para prepará-los entre duas mensagens [publicitárias]. O que vendemos à Coca-Cola é o tempo do cérebro humano disponível. Nada é mais difícil do que obter essa disponibilidade.[2]

Em relação ao saber narrativo, o filósofo Jean-Jacques Delfour, em obra recente, levanta um aspecto importante: o vazio a partir do qual se produz o narrar.

> Desde o começo da era televisiva, tornou-se quase impossível compartilhar uma refeição em família. Se, por acaso, a televisão é desligada, um vazio se faz sentir, habitualmente preenchido pela enxurrada televisiva. Assim, o vazio demanda hoje muito mais esforço do que antes, posto que o hábito de falar junto, de estar junto com os outros foi esquecido. Um outro estar-junto faz ofício de lei: o estar-diante da televisão. [...] A vida mental da família é ocupada pela colheita caótica de pseudoacontecimentos televisuais. [...] Em vez de uma fala sobre a história de sua família real, conversas de espectadores ocupam o espírito e o coração, durante anos, encobrindo a cegueira em relação aos sofrimentos e às alegrias reais.

2. Publicado em *Les Dirigeants face au changement: baromètre 2004* (Paris: Huitième Jour, 2004, p. 92), um livro de e para o patronato francês reunido no MEDEF.

Para o filósofo Bernard Stiegler, a televisão traz o problema da formação da atenção, que é um aspecto central no processo de transmissão. A formação da atenção é o que determina em que medida a pulsão na criança ou no jovem pode se transformar em desejo e investir objetos culturais. O trabalho de transformação da pulsão em desejo supõe certo tipo de relação educativa que se perde quando essa relação se torna industrial. As indústrias relacionais do mundo contemporâneo, na expressão de Stiegler, entre as quais a televisão, visam justamente a uma captação da atenção de modo a dirigi-la para o funcionamento aditivo da sociedade de consumo. Estaríamos assim assistindo ao processo de desinvestimento dos objetos culturais para passar ao modo pulsional de relação com o objeto: uma vez consumido, ele é descartado para que se compre outro. Stiegler designa então a televisão como psicotecnologia da besteira (ou burrice)."

Chamadas para o *Jornal da Band*

O documento a seguir foi dirigido ao diretor-geral da Rede Bandeirantes, o competente Rubens Furtado, com quem eu já tinha trabalhado na TV Manchete.

O objetivo era produzir *spots* que "chamassem" o *Jornal da Band*, que eu ia dirigir e ancorar e, ao mesmo tempo — era minha secreta intenção —, explicar à casa, especialmente ao Johnny Saad, que tipo de jornal eu pretendia fazer.

Seriam *spots* dentro da programação da própria Band.

Ou seja, não gastariam um tostão.

Mas, até onde alcança a minha memória, jamais foram produzidos...

São Paulo, 7/out/97

Assunto: CHAMADAS DO JORNAL DA BAND NA REDE BANDEIRANTES

(às oito da noite) UM JORNAL QUE DÁ AS NOTÍCIAS QUE O JORNAL NACIONAL NÃO DÁ. (é o Jornal da Band, com o melhor apresentador da televisão brasileira, Paulo Henrique Amorim. Jornal da band, às 8 da noite.")

. UM JORNAL EM QUE VOCE PODE ACREDITAR.

. UM JORNAL QUE DÁ MUITO MAIS QUE A VERSÃO DO GOVERNO.

. UM JORNAL QUE NÃO É SENSACIONALISTA, NÃO GOSTA DE SANGUE.

. UM JORNAL QUE NÃO ESTÁ DO LADO DELES – ESTÁ AO SEU LADO.

. UM JORNAL QUE NÃO MANIPULA A INFORMAÇÃO.

. UM JORNAL ISENTO – NINGUÉM SABE DE QUE LADO ESTÁ.

. UM JORNAL QUE NÃO OBRIGA VOCE A PENSAR COMO ELE.

. UM JORNAL QUE NÃO DEIXA VOCÊ COM O PÉ ATRÁS.

. UM JORNAL EM QUE O BRASIL TEM SOLUÇÃO.

“Nessa época do Natal, quando você se prepara para acender a lareira...”
“Mas, Robert, você acende a lareira no Natal no Hemisfério Norte. Aqui, no Natal faz um calor da porra!”
“Deixa, é para o leitor aprender.”
Diálogo do autor com Robert(o) Civita, dono da Editora Abril, sobre uma “carta ao leitor” que pretendia escrever para a defunta revista *Realidade*.

Manual inútil do apresentador

1. O apresentador apresenta — não interpreta, não dá opinião;
2. O apresentador não deve fazer muxoxo, cara feia, semblante de decepção ou alegria quando a matéria acaba e volta para ele — isso é dar opinião — e o espectador não é um idiota;

    a) As sobrancelhas não são uma interjeição! Mover as sobrancelhas para exprimir espanto ou desgosto é uma forma de opinião;

3. O apresentador não deve chorar;

    a) Nem chorar como o William Bonner, quando deu a notícia da morte do patrão, o Roberto Marinho, nem a Sandra Annenberg, do *Jornal Hoje*, que chora frequentemente — ao apresentar, ao narrar;
    b) Essas manifestações emocionais de baixo teor jornalístico não interessam a ninguém — nem ao patrão defunto;

4. Quando entrevistar, o apresentador deve deixar o entrevistado falar;

a) Não foi caso da eleição de 2014, quando William Bonner falou quase tanto quanto a candidata Dilma Rousseff;

5. Quando dialogar com o repórter, combinar tudo direitinho antes, para evitar desmoralizar a si ou ao repórter ao vivo;
6. O apresentador e a apresentadora ao lado, na bancada, não devem simular uma amizade ou camaradagem que não tenham. Todo mundo percebe;
7. Apresentador não anda no cenário. Para quê?;

    a) Para fingir naturalidade? Como se os seres humanos não andassem frequentemente...;
    b) Andar não acrescenta um pingo de credibilidade. E faz o espectador sádico torcer para que o apresentador derrape e caia;

8. Apresentador não é âncora, no sentido americano;

    a) Nos Estados Unidos, os apresentadores dos principais jornais de rede foram repórteres que ralaram anos na estrada e, por mérito, se tornaram âncoras: Walter Cronkite (CBS), Chet Huntley e David Brinkley (NBC), Peter Jennings (ABC), Tom Brokaw (NBC) e Dan Rather (CBS) são exemplos da fase gloriosa do telejornalismo americano;

b) Aqui, o Boris Casoy, que nunca foi repórter, jamais cobriu uma batida de automóvel, iniciou no SBT a falsificação da "ancoragem" — nada mais era do que enfiar opinião dentro do noticiário. Da mesma forma, o William Bonner jamais cobriu um incêndio. São apenas apresentadores, um pouco melhores que os leitores de teleprompter que vieram do rádio para a tevê, como o Cid Moreira (que nunca pretendeu ser âncora...);
c) Cronkite foi âncora do telejornal da CBS por dezenove anos. Entrou para a história ao ser o primeiro a anunciar o assassinato de John Kennedy. Cronkite deu sua opinião, uma *única* vez, em 1968, ao fazer uma cobertura da Guerra do Vietnã, no Vietnã. Com a tarja "Opinião" sob sua imagem, ele disse que não era possível vencer aquela guerra, e que os Estados Unidos deveriam negociar; O presidente Lyndon Johnson tinha três televisores no salão oval da Casa Branca, para assistir aos telejornais da CBS, NBC e ABC, que eram simultâneos: começavam às 18:30. Consta que, ao ver o editorial de Cronkite, Johnson disse: "Se eu perdi Cronkite, perdi a classe média americana". O que deve ser uma lenda. Mais tarde, Johnson desistiu de concorrer à reeleição. Essa foi

a *única* vez em que Cronkite, o "âncora", que levou esse termo para aquela função, deu sua opinião;

d) Aqui, os pseudoâncoras dão opiniões que jamais se conflitariam com as do patrão. Portanto, não valem um níquel;

9. Apresentador não é terapeuta nem babá;

   a) "Apresentador terapeuta" foi como a minha colega Janine Borba definiu um candidato a apresentador, na Record. Ele pega o entrevistado no colo, leva para casa, consola, dá chá de erva cidreira, chora junto, segura, passa a mão no cabelo — só falta sentir o mesmo que vitimou a vítima... Pode ser chamado também de "apresentador babá". Ou "bobo"...;

10. O apresentador deve se vestir discretamente:

    a) Ele, barbeado, gravata discreta; ela, penteada, roupa elegante, que não chame a atenção;
    b) Sem dar a impressão de que se trata de um desfile da Victoria's Secret ou do Giorgio Armani;
    c) No dia em que o espectador prestar mais atenção à roupa do apresentador que à notícia, o jornalismo perdeu a guerra;

11. O papel do apresentador é quase irrelevante;

a) O que interessa é o conteúdo, a informação;
b) O apresentador é o cabineiro de elevador: leva de um ponto a outro. E quando o passageiro salta, não se lembra do apresentador.

“A televisão pode ensinar, pode iluminar, pode inspirar cidadãos, mas só pode fazer isso se os profissionais estiverem decididos a usá-la com esse objetivo. Do contrário, será apenas uma caixa com fios e luzes.”

Ed Murrow, âncora do programa *See it Now*, que deu origem ao filme *Boa noite e boa sorte*, de George Clooney.

Se a moda pega

O Bispo Honorilton Gonçalves, diretor-geral da Rede Record, e Hélio Vargas, diretor de programação — excelente profissional — foram a Los Angeles comprar filmes.

No hotel, de manhã, assistiram ao *Today*, programa matinal de jornalismo e entretenimento da NBC — um dos maiores faturamentos da rede.

Gostaram do formato e Hélio sugeriu a Gonçalves: "Por que a gente não chama o Paulo Henrique para ancorar?".

Eu fazia, então, o *Edição de Notícias*, um jornal da Globo, um pouco mais cedo.

Assim nasceu o *Tudo a ver*, uma das experiências mais prazerosas que tive na televisão.

Ficou estabelecido que deveria haver um quadro de moda.

Eu não sabia a quem recorrer.

Me lembrei de Adriane Galisteu, com quem tinha trabalhado na Record.

Fomos almoçar no restaurante Gero, em São Paulo.

"Quem você sugere?"

"A Ana Hickmann. Dessas todas, é a única que é casada direitinho, não sai por aí dando pra todo mundo. Já não tem mais idade para ser modelo internacional. Daqui a pouco vai ser obrigada a posar nua. E aí, *bye bye* passarela em Nova York, Milão, Paris..."

(No mesmo Gero, cheguei a conversar com a Fernanda Lima, que me pareceu devastada por um tédio infinito — até para comer.)

Marquei outro almoço no Gero, com Hélio, Ana e o marido, Alê, que também tinha sido modelo.

Dias antes, eu tinha visto a Ana ser entrevistada pelo João Dória, num programa geralmente inútil. Pareceu intimidada, razoavelmente fluente, mas com uma virtude: tinha a voz grossa.

Porque fuma(va).

(Adriane Galisteu me disse que modelos fumam para não engordar. Ela, por exemplo, além de fumar, quando se achava gorda, submetia-se a uma dieta de alface com pedras de gelo...)

E a televisão prefere vozes graves.

No almoço, Ana tremia — foi o que ela me contou depois —, porque não sabia o que ia sair dali: nunca nos tínhamos vistos mais gordos...

Ana foi um sucesso na tevê.

Uma vez, quase brigamos.

Ela fez tanto sucesso que começou a ser requisitada para fazer desfiles e eventos pelo Brasil afora e começou a negligenciar o quadro de moda, que era produzido e editado com rigor e disciplina pela Claudia Aied.

Chamei a Ana e o Alê, tranquei numa sala e disse:

"Tão rápido quanto entrou... sai! Não quero saber o que vocês venderam por aí. Aqui tem horário para entrar no ar e horário para gravar na rua!"

Era um quadro três vezes por semana, e nunca mais brigamos...

O *Tudo a ver* foi um celeiro, modestamente.

Com a ajuda do Hélio Vargas, trouxemos Chris Flores, que era da revista *Contigo*, para fazer um "Contigo, uma Caras". Eu dizia que ela me lembrava minha professora de física, no Colégio de Aplicação da UFRJ, a D. May...

O *Tudo a Ver* revelou o Luciano Faccioli, o Percival de Souza, o Edu Guedes, tínhamos um "repórter infantil", o Rafa (Rafael Formenton), e uma repórter da terceira idade, a dona Vera (Vera Roquette-Pinto).

Nosso comentarista esportivo era o ótimo Paulo Calçade.

O *Tudo a Ver* enriqueceu a brilhante carreira da Janine Borba (que, modestamente, eu tinha revelado quando era da Band e ela, do Canal 21), Patrícia Maldonado, que substituiu Janine na apresentação do programa, e uma excelente repórter, Geórgia Pinheiro, com quem, depois, casei.

O *Tudo a Ver* era ótimo, mas não funcionou.

O *Today* vai ao ar de manhã cedo, para as pessoas que estão saindo de casa para o trabalho e precisam de notícias rápidas e úteis — quando ainda não havia a internet — e, no meio da manhã, entravam os "serviços" para mulheres e aposentados, como moda e culinária.

Seria um programa para concorrer com o *Bom Dia Brasil* e a Ana Maria Braga.

Mas, sabe-se lá por que, foi escalado para o fim da tarde, e para competir com os policialescos — que só existem no Brasil —, o Datena e o Marcelo Rezende.

Não deu certo.

O único consolo é que, quando a Ana Paula Padrão foi para o SBT fazer um suposto "jornal nacional", numa carreira tão breve quanto irrelevante, perdeu para o *Tudo a Ver*.

O *Tudo a Ver* passou a ser um título que a Record usou depois em diferentes formatos.

Quando não guardavam nada do modelo original.

Ainda bem.

"A equipe original do programa Tudo a Ver. Só tinha fera: Cosme, Faccioli, Edu Guedes, Paulo Calçade, Celia Pardi, Luciana Liviero, Camila Garcia, Sophia Camargo, Luis Hafers, Percival de Souza, Chris Flores, Geórgia Pinheiro; sentados: Janine Borba, PHA *e Ana Hickmann"*

"Agora é que você vai ver como é bom ser homem!"

Antonio Carlos Magalhães ao autor, que tinha acabado de fazer uma operaçao de ponte de safena. Num jantar no apartamento do diretor do Banco Econômico em Nova York, o autor testemunha ACM a se servir de uma peça da picanha envolta em gordura. ACM quase tinha morrido numa cirurgia no coração.
"Senador", disse o autor, "quem fez operação no coração não pode comer isso!"
"Na Bahia pode", ele respondeu.

A TV do presidente Lula

Logo no início do primeiro governo Lula, o governador do Paraná, Roberto Requião, foi ao Palácio do Planalto despachar com o novo presidente.

"Olha, Lula, por que você não faz como eu fiz no Paraná? Eu peguei todo o dinheiro que o [Jaime, seu antecessor] Lerner dava para a Globo e botei na TV Educativa. Ela tava canibalizada, destruída. Reconstruí, modernizei, contratei profissionais e transformei num instrumento de divulgação de políticas públicas, debates, botei professores, alunos, empresários, jornalistas, funcionários, trabalhadores lá dentro. Todo mundo. Fiz um acordo com o [Hugo] Chávez e a Telesur, e agora a gente entra no sul da América do Sul inteira..."

"Requião, que boa ideia!", respondeu o Lula. "Faz uma coisa. Segue nesse corredor, aí em frente, lá no fundo, entra na primeira porta à direita e conta isso."

Requião foi.

Era o gabinete do chefe da Casa Civil, o José Dirceu.

Requião contou a mesma coisa. Dirceu respondeu.

"Requião, você não tá entendendo nada. Nós já temos uma televisão."

"Qual, Dirceu?"

"A Globo!"

“A gente se elege pela esquerda e dirige pela direita.”

Resposta do presidente Clinton, num seminário na CNN, em Atlanta, quando Lula estava na frente do Fernando Henrique nas pesquisas e perguntei se ele não temia a eleição de um esquerdista num país do tamanho do Brasil.

"Bill Clinton e a trapaça da esquerda para a direita."

A primeira entrevista

No dia mesmo em que terminei de escrever este livro, recebi, à noite, enquanto jantava, um telefonema do Francisco, meu neto de oito para nove anos:

— Vô, tô fazendo um dever para a escola e preciso te fazer umas perguntas.

— Que dever, Tito?

— Sobre profissões.

— O que você quer saber?

— Qual a tua profissão?

— Jornalismo.

— Como você exerce a sua profissão?

— Como apresentador e editor.

— Onde?

— Na televisão e na internet.

— Para que serve a sua profissão?

— Para informar.

Quem sabe essa não é a primeira entrevista de um talentoso repórter?

Apêndice

Índice Remissivo

A524 Amorim, Paulo Henrique
Manual inútil da televisão: e outros bichos curiosos / Paulo Henrique Amorim.
– São Paulo: Hedra, 2016.

ISBN 978-85-7715-518-7

1. História. 2. História do Brasil. 3. História Social. 4. História Cultural.
5. História da Imprensa Brasileira. 6. Televisão. 7. Rede Globo. 8. Rede
Record. 9. Rede Bandeirantes. 10. SBT. 11. Jornalismo. 12. Poder dos Meios
de Comunicação. 13. História de Vida. 14. Memórias de Paulo Henrique
Amorim. I. Título. II. E outros bichos curiosos.

CDU 930.85:305 **CDD 900**

Catalogação elaborada por Ruth Simão Paulino

Adverte-se aos curiosos que se imprimiu este livro em nossas
oficinas, em 20 de outubro de 2016, em tipologia Libertine,
com diversos sofwares livres, entre eles, LuaLaTeX, git & ruby.